W0416024

LES SIX COMPAGNONS À L'ÉTANG DE BERRE

Une nouvelle aventure des personnages créés par Paul-Jacques BONZON racontée par Olivier SÉCHAN

ILLUSTRATIONS DE ROBERT BRESSY

HACHETTE

DU MÊME AUTEUR

dans la même collection :

LA CROIX D'OR DE SANTA ANNA
L'ÉVENTAIL DE SÉVILLE
LE VOYAGEUR SANS VISAGE

Série « Les Six compagnons » :

LES SIX COMPAGNONS SE JETTENT À L'EAU
LES SIX COMPAGNONS À LA TOUR EIFFEL
LES SIX COMPAGNONS À SCOTLAND YARD
LES SIX COMPAGNONS AU GOUFFRE MARZAL
LES SIX COMPAGNONS AU TOUR DE FRANCE
LES SIX COMPAGNONS DANS LA CITADELLE
LES SIX COMPAGNONS DANS LA VILLE ROSE
LES SIX COMPAGNONS DE LA CROIX-ROUSSE
LES SIX COMPAGNONS DEVANT LES CAMÉRAS
LES SIX COMPAGNONS EN CROISIÈRE
LES SIX COMPAGNONS ET L'ÂNE VERT
LES SIX COMPAGNONS ET L'AVION CLANDESTIN
LES SIX COMPAGNONS ET LA BOUTEILLE À LA MER
LES SIX COMPAGNONS ET LA DISPARUE DE MONTÉLIMAR
LES SIX COMPAGNONS ET LA PERRUQUE ROUGE
LES SIX COMPAGNONS ET LA PILE ATOMIQUE
LES SIX COMPAGNONS ET LA PRINCESSE NOIRE
LES SIX COMPAGNONS ET LE CHÂTEAU MAUDIT
LES SIX COMPAGNONS ET LE CIGARE VOLANT
LES SIX COMPAGNONS ET L'ÉMETTEUR PIRATE
LES SIX COMPAGNONS ET LE MYSTÈRE DU PARC
LES SIX COMPAGNONS ET LE PIANO À QUEUE
LES SIX COMPAGNONS ET LE PETIT RAT DE L'OPÉRA
LES SIX COMPAGNONS ET LES AGENTS SECRETS
LES SIX COMPAGNONS ET LES AGNEAUX DE L'APOCALYPSE
LES SIX COMPAGNONS ET LES BÉBÉS PHOQUES
LES SIX COMPAGNONS ET LE SECRET DE LA CALANQUE
LES SIX COMPAGNONS ET LES ESPIONS DU CIEL
LES SIX COMPAGNONS ET LES PIRATES DU RAIL
LES SIX COMPAGNONS ET LES SKIEURS DE FOND
LES SIX COMPAGNONS ET LES VOIX DE LA NUIT
LES SIX COMPAGNONS ET L'HOMME AU GANT
LES SIX COMPAGNONS ET L'HOMME DES NEIGES
LES SIX COMPAGNONS ET L'ŒIL D'ACIER

© *Hachette, 1983.*
Tous droits de traduction, de reproduction
et d'adaptation réservés pour tous pays.

HACHETTE, 79, BOULEVARD SAINT-GERMAIN, PARIS VIe

Une nouvelle aventure des personnages créés par Paul-Jacques Bonzon, racontée par Olivier Séchan

PREMIÈRE PARTIE

CHAPITRE PREMIER

LA JOURNÉE DES CATASTROPHES

« NON, non et non ! cria Mady, en frappant des deux mains sur ses genoux.

– Non ! Pas question ! déclara son ami Tidou, un garçon de treize ans, calme et décidé, et qui semblait mener la discussion.

– Non, trois fois non ! dit le petit Gnafron en fronçant les sourcils, ce qui donna une expression redoutable à son visage englouti sous une masse de cheveux noirs, raides comme ceux d'un Oriental.

– Non, il nous prend pour des idiots ?... D'ailleurs, le jour est mal choisi ! » grogna à son tour celui que l'on appelait le Tondu, le plus grand et le plus robuste de la bande, qui tirait son surnom d'un crâne malheureusement dénudé par une mystérieuse maladie d'enfance.

– Ça fait déjà quatre voix contre », reprit Tidou, qui jouait en quelque sorte le chef de la bande. Il se tourna alors vers celui qui n'avait pas encore parlé.

« Et toi ? demanda-t-il. On répond à la Guille ? On va le rejoindre ?

– Euh... fit simplement Bistèque, un petit blond. Laisse-moi un instant... Je ré-flé-chis. »

Nous profitons des quelques secondes de silence qui suivirent pour préciser que la scène se déroulait dans ce que la bande d'amis – les Compagnons et Mady – avaient choisi comme quartier général, un ancien entrepôt de soierie, aujourd'hui abandonné, et qu'ils appelaient *la Caverne.* Cette vaste salle, à moitié en sous-sol, à l'unique fenêtre aux vitres brisées, encombrée de vieilles caisses, se trouvait au pied de la *Rampe des Pirates*, dans le vieux quartier lyonnais de la Croix-Rousse. Quartier aux pentes abruptes, qu'escaladent des « montées », c'est-à-dire des rues étroites souvent coupées par des escaliers – comme la « montée de l'Amphithéâtre » où les Compagnons avaient vu débiter l'une de leurs dernières aventures[1].

Ce jour-là, l'entrain et la gaieté, qui régnaient généralement lors des réunions de *la Caverne*, avaient complètement disparu. L'atmosphère était lugubre. En effet, les catastrophes – ou du moins les ennuis – n'avaient cessé de s'accumuler depuis le matin.

1. Voir *Les Six Compagnons et les Agneaux de l'Apocalypse*, dans la même collection.

D'abord, il pleuvait. Une pluie rageuse et tenace, qui persistait depuis le lever du jour.

Ensuite – et surtout ! – on avait cambriolé la Caverne au cours de la nuit ! Certes, l'intrus n'avait rien trouvé à y dérober – mais il avait brisé le cadenas de la porte et, de dépit, avait renversé à coups de pied les caisses sur lesquelles reposaient les maigres biens des Compagnons : paquets de biscuits, réchaud à alcool et casserole, bougies, lampe électrique. Il avait tout de même emporté un petit transistor oublié là, qui, par chance, ne marchait plus ! Dans la matinée, Tidou avait dû changer le cadenas.

Puis, certains des Compagnons avaient connu des ennuis individuels : Mady, une mince fille de douze ans, brune, aux yeux noirs, et grande amie de Tidou, avait fait une chute sans gravité, mais son vélomoteur était à réparer.

Le petit frère de Tidou – Géo – était tombé dans l'escalier. On l'avait transporté à l'hôpital pour y faire radiographier sa cheville. Rien de grave, heureusement, mais des émotions.

Un projet de camping était tombé, lui aussi, à l'eau, à cause du mauvais temps, et du départ d'un sympathique ami de Pérouge, qui devait les recevoir.

Bref, les ennuis petits ou grands s'étaient accumulés. Mais ce qui avait mis à son comble la mauvaise humeur des Compagnons et de Mady, c'étaient les deux lettres de leur camarade Jean-François, dit la Guille – arrivées en même temps au courrier, bien que postées à vingt-quatre heures d'intervalle.

La Guille, un garçon mince et vif aux yeux pétillants – le poète et le fantaisiste de l'équipe –, était allé passer quelques jours de ces vacances de Pâques chez son oncle maternel, Hector Bassarte. Celui-ci habitait une villa à Sausset-les-Pins, sur cette portion de la côte méditerranéenne entre Martigues et Marseille, appelée la Côte Bleue.

Dans sa première lettre, la Guille (qui devait s'ennuyer ferme chez cet oncle sans enfants) décrivait la petite station balnéaire, puis sa visite de Martigues, pompeusement appelée la Venise de Provence, car elle est bâtie sur des canaux entre la Méditerranée et l'étang de Berre. La Guille, profitant du vélomoteur de son oncle, était allé traîner sur les quais, jusqu'au port pétrolier de Lavéra, puis sur la rive sud de l'étang de Berre, où se dressent de puissantes installations industrielles, dont la raffinerie de pétrole de la Mède.

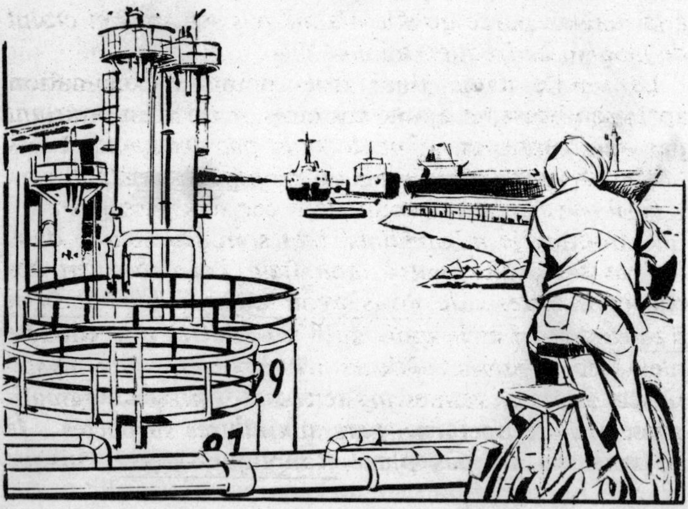

Les Compagnons avaient lu les deux lettres dans l'ordre.

« Rien de bien spécial, avait commenté le Tondu, après lecture à haute voix de la première. Chiche qu'il n'y reste pas huit jours... Nous devons lui manquer... »

Mais la seconde lettre, une fois la première surprise passée, fit naître mauvaise humeur et moquerie. En effet, la Guille écrivait :

« ... je vous disais hier qu'à part la visite de Martigues, de la côte et des énormes usines de Fos-sur-Mer, j'avais commencé à m'embêter, étant seul ici. Mon oncle est bien sympa : c'est un colosse à grande gueule, ancien baroudeur qui travaille dans un chantier de constructions navales... Ma tante, très sympa aussi, passe son temps à lui conseiller alternativement de sortir parce qu'il fait trop de bruit à la maison, et de rester à la maison parce qu'elle n'aime pas ses amis et craint de mauvaises fréquentations !!! »

La Guille avait placé trois points d'exclamation après sa phrase, et ajouté ces mots. *« Ce n'est pourtant pas son genre, et je ne le vois pas fréquentant ces fameux truands marseillais dont on parle souvent. »*

Et il continuait, en soulignant certains passages :

« Comme je m'embêtais, hier soir, j'ai fouiné dans les environs; me fiant à mon flair, j'ai découvert des choses bizarres... Je crois avoir attrapé le petit bout d'un mystère ! et je crois qu'il y aurait là une enquête pleine de surprises... Odeurs mystérieuses... auto mystérieuse, allées et venues mystérieuses, phrases énigmatiques, activité nocturne, gars aux allures suspectes... Je ne vous en dis pas plus ! Rappliquez-vous ! Puisque

vous vous morfondez et moisissez dans la Caverne, *n'hésitez pas ! Venez me rejoindre ! Vite ! Mon oncle est d'accord (je ne lui ai pas dit un mot de mes soupçons, bien sûr, car il aurait poussé les hauts cris !)*

« Il vous permettra de camper dans son jardin, et même, pour Mady, de loger dans la villa... Ma tante Héloïse, elle aussi, est d'accord et vous prendra en pension.

« Venez vite ! Je téléphonerai chez Bistèque pour savoir ! En avant, les Compagnons ! Encore une aventure sensationnelle !... »

La lettre se poursuivait encore par une demi-page d'exhortations.

Et voilà pourquoi nos amis avaient voté. Comme on l'a vu, l'invitation ne les tentait nullement (surtout à cause de la distance et du mauvais temps) et l'affaire mystérieuse que la Guille prétendait avoir découverte n'était à leurs yeux que du bluff ! Oui, du bluff !

Tous les commentaires (sauf un), précédant le vote, avaient été de ce genre :

« Il veut se rendre intéressant... Nous faire venir pour rien ! Imaginé de toute pièces... Il ferait mieux de se contenter d'écrire des poésies et de jouer de l'harmonica... » (à ses divers talents, la Guille ajoutait celui de virtuose de l'harmonica).

Tous avaient donc voté « NON », à l'exception de Bistèque – ainsi surnommé car son père était premier commis d'une boucherie de la Croix-Rousse. Contrairement aux autres, il semblait ajouter crédit aux déclarations de la Guille.

« On ne sait jamais, avait-il dit. Pourquoi ne serait-il pas tombé sur une affaire extraordinaire ? Ça débute parfois par de tout petits indices... »

Maintenant, il ré-flé-chis-sait, comme il disait, assis sur une caisse, penché en avant, une main dans ses cheveux blonds, ses yeux bleus fixés au loin.

« Alors ? demanda Tidou. Tu te décides ?

– Je m'abstiens ! déclara Bistèque. Il faut d'abord entrer en contact avec lui.

– C'est une farce ! affirma Gnafron (ainsi surnommé parce qu'il habitait au-dessus de la boutique d'un cordonnier, et que c'est le nom d'un personnage du guignol lyonnais).

– On ne sait pas ! riposta Bistèque. Entrons d'abord en contact avec lui ! »

***

Son vœu ne devait pas tarder à être exaucé.

A sept heures du soir, quand il rentra chez lui, toujours sous la pluie, son père l'interpella de derrière le comptoir qu'il récurait.

« Hé ! Ton copain la Guille vient de téléphoner pour toi... Il vous attend... Il dit que c'est très urgent... qu'il a découvert quelque chose de sensationnel... Son oncle vous recevra... »

Tout de suite après le dîner, Bistèque fila chez les Compagnons. Au cours d'une réunion improvisée, il fut décidé que Tidou et le Tondu partiraient le lendemain. Les autres suivraient un ou deux jours plus tard, sauf contrordre.

« Il nous aura eus ! » soupira Gnafron.

CHAPITRE II

LES PLAISIRS DE L'AUTO-STOP...

PLUTÔT pénible, ce voyage !

Partis à sept heures du matin des pentes de la Croix-Rousse, Tidou et le Tondu n'arrivèrent au but qu'après sept heures du soir !

La longueur du trajet ne les effrayait pas, car ils avaient déjà, dans le passé, couvert d'aussi longues étapes à vélomoteur[1], mais à cause du mauvais temps ils pratiquèrent l'auto-stop.

1. Voir *Les Six Compagnons et la bouteille à la mer*, dans la même collection.

Comme ils l'avaient déjà fait en plusieurs occasions, ils s'étaient rendus au dépôt d'une entreprise de poids lourds – essentiellement des maraîchers – qui, de Paris ou de Lyon, redescendaient souvent à vide sur la Provence. Cela permettait un voyage facile et agréable, dans la cabine, en même temps que le transport de leurs « pétarelles », indispensables lorsqu'ils arrivaient à destination.

Or, ce jour-là, par un malheureux hasard, pas un seul poids lourd ne passa au relais de l'entreprise, ni ne prit la route entre sept heures et dix heures du matin !

Pendant trois heures, Tidou et le Tondu rongèrent leur frein. Assis sur de vieilles caisses, moroses, ils contemplaient le rideau de pluie qui tombait devant la porte ouverte de l'entrepôt où ils attendaient.

Enfin, vers dix heures, un routier très « sympa », aux dires de certaines affichettes sur les pare-brise, accepta de les prendre pour les emmener jusqu'à Châteaurenard, aux environs d'Avignon. Ils se crurent sauvés. Mais ce routier, moins « sympa » qu'il n'y paraissait, les abandonna sur le parking de la cafétéria d'un grand supermarché aux portes de Valence. Il avait rencontré là un ancien collègue, comptait déjeuner avec lui, et ne savait trop quand il repartirait.

La suite du voyage n'en fut pas facilitée. Une heure plus tard, les deux amis obtenaient d'un autre conducteur de poids lourd qu'il les menât jusqu'à Montélimar – il obliquait ensuite. Sans prendre le temps de visiter cette agréable ville qui leur rappelait l'une de leurs aventures[1], Tidou et le Tondu se remirent en chasse.

1. Voir *Les Six Compagnons et la disparue de Montélimar*, dans la même collection.

Par bonheur, la pluie ne tombait plus.

Mais hélas ! l'avant-dernière partie du trajet se révéla plutôt éprouvante. En effet, devant une station-service à la sortie de la ville, ils furent pris en charge par une camionnette qui descendait sur Avignon. C'était une épouvantable guimbarde, aux amortisseurs épuisés, qui leur disloqua les membres et faisait cliqueter dangereusement toutes les pièces de leurs vélomoteurs.

« Nous n'arriverons jamais avant la nuit, gronda le Tondu quand ils eurent remis pied à terre et repris possession de leurs engins.

– Non », convint Tidou. Il leva les yeux vers le ciel qui de nouveau se chargeait de nuages. « Et pourvu que ce ne soit pas sous la flotte ! ajouta-t-il.

– Manquerait plus que ça ! »

Tous deux se sentaient à la fois déprimés et irrités.

« Téléphonons à Bistèque, proposa Tidou. La Guille aura peut-être rappelé et changé d'idée...

– Et nous serions venus jusqu'ici pour rien ! s'exclama le Tondu. Tu rêves !

– Allons tout tout de même téléphoner ! »

Ils étaient une nouvelle fois sur le parking d'un grand supermarché, aux environs d'Avignon. Ils trouvèrent une cabine téléphonique interurbaine. Tidou glissa les pièces de monnaie dans l'appareil, forma le numéro de la boucherie que gérait le père de Bistèque.

Ils eurent aussitôt leur ami au bout du fil. A croire qu'il avait passé la journée auprès de l'appareil.

« Alors, vous êtes arrivés ? lança-t-il d'une voix tendue. Vous l'avez vu ? Qu'est-ce qui se passe ? »

Tidou commença à expliquer les difficultés du voyage. Bistèque l'interrompit :

« Débrouillez-vous ! Foncez ! la Guille a téléphoné ce matin vers onze heures...

– Pour nous appeler ? Alors, c'est sérieux ?

– Et comment ! Tu ne le pensais pas ? Vous flânez en route ?... Il a dit de venir *tout de suite*... qu'il avait découvert une affaire bizarre... Une bagnole suspecte... peut-être aussi des explosifs... Il a aussi parlé de cigarettes, je crois... Il soufflait comme un phoque, comme s'il avait couru. Il a dit : « J'ai bien peur de m'être fait « repérer... »

– Par qui ?

– Je n'en sais rien ! Il devait être dans une cabine, et n'avait pas beaucoup de pièces de monnaie. Il a encore dit : « Il doit s'agir d'un trafic, ou même pire... » Et brusquement, j'ai entendu une autre voix, une voix d'homme... La Guille a répété : « Venez vite ! Sinon « je... » Puis la communication a été coupée. »

Tidou regarda sa pièce encore visible dans la rainure de l'appareil, puis, tandis qu'il réfléchissait rapidement, il y glissa une nouvelle pièce.

« Coupée ? répéta-t-il. C'est peut-être son oncle qui l'a surpris à téléphoner et a rouspété...

– Peut-être... Mais c'était plutôt brutal ! Peut-être aussi qu'il téléphonait d'une cabine, et qu'un autre client à râlé... juste quand sa dernière pièce tombait. »

L'inquiétude de Bistèque se communiqua à Tidou et au Tondu – qu'il tenait au courant par de brèves phrases. Ces appels répétés de la Guille semblaient prouver qu'il ne s'agissait pas d'une farce ou d'une lubie.

« Alors ? Tu es toujours là ? rugit Bistèque à l'autre bout du fil. Qu'est-ce que tu attends ? Foncez ! »

C'était malheureusement plus facile à dire qu'à faire. Un routier finit par les prendre, mais ils ne furent pas sauvés pour autant, car il n'allait que jusqu'à Martigues et obliquait ensuite sur la route sud de l'étang de Berre.

Et pour couronner le tout, à Martigues, alors qu'ils se croyaient presque au bout de leurs peines, l'orage éclata. Sous de violentes rafales, ils enfourchèrent leurs vélomoteurs et se lancèrent sur la route pour franchir les derniers kilomètres.

L'orage déferlait par vagues.

« C'est bien notre veine ! gémissait le Tondu. Combien à faire encore ? Dix kilomètres ?

– Une douzaine, répondit Tidou qui avait consulté sa carte routière. Mais si on se met à l'abri...

– Non, pas question ! Il faut savoir ! »

Après avoir traversé l'« Ile », enserrée entre deux bras de canaux – la partie la plus ancienne de la cité –, ils franchirent par le pont basculant le large canal de Caronte qui relie l'étang de Berre à la mer.

A travers les bourrasques de pluie, ils aperçurent au loin, enjambant le canal, le viaduc de l'autoroute Marseille-Fos, mince filet de béton tracé comme une ligne sur le ciel, à une hauteur vertigineuse et seulement soutenu par deux sveltes piliers obliques, semblables à deux jambes écartées ou à deux pattes d'araignée.

« Formidable ! » s'exclama le Tondu. C'était son exclamation favorite, et il l'accompagnait généralement en projetant son béret en l'air. Cette fois, sous l'orage, il s'en abstint.

Une pluie diluvienne s'abattait maintenant sur la

ville, des lumières s'allumaient tant le ciel était sombre.

Ils longèrent le canal de Caronte, courbés en deux sous les trompes d'eau qui transperçaient leurs blousons. Ils craignaient de voir leur moteur noyé, mais leurs vélomoteurs se comportaient vaillamment. Lentement ils se rapprochaient du viaduc sur lequel roulait une procession de poids lourds, puis ils obliquèrent sur la gauche, se perdirent dans des quartiers de maisonnettes éparses. La pluie cessa pendant quelques minutes. S'élevant au flanc de la colline, ils passèrent bientôt au-dessus de l'autoroute, montèrent encore et soudain, ayant atteint le sommet, aperçurent la mer.

Il était sept heures du soir. Au couchant, le ciel crépusculaire, à demi masqué par les nuages, laissait des traînées rougeâtres sur la mer d'un vert glauque. Le

Tondu mit pied à terre, et Tidou l'imita. Tous deux étaient épuisés de leur journée, surtout par cette lutte contre les bourrasques de pluie qui les frappaient de plein fouet. Ils secouèrent leurs vêtements, s'ébrouèrent. Le Tondu tordit son béret. Puis ils restèrent un moment à souffler, au bord de la route déserte. Autour d'eux c'était un aride désert de rocailles et de buissons, que dominait sur leur gauche une vieille tour de guet. Devant eux, le versant de la chaîne dévalait vers la mer, confus, crevé de vallons, avec au loin la silhouette d'une usine aux six cheminées, piquetée de mille feux. La centrale E.D.F., comme ils devaient l'apprendre par la suite. Au large, et repérables aussi par leurs feux de position, les silhouettes de quatre pétroliers qui attendaient.

Tidou était fasciné par cet étrange décor, ces usines lointaines au bord de la mer, ce désert rocailleux qui les cernait. Ce fut le Tondu qui le rappela aux réalités.

« Allez ! En route ! cria-t-il. Si nous arrivons à la nuit, nous aurons encore plus de mal à trouver la baraque ! »

En dix minutes, ils furent à Sausset-les-Pins, et se mirent à errer dans des avenues désertes, bordées de villas entourées de pins. Peu de lumières. Aucun passant. Ils descendirent jusqu'au centre, près du petit port, pour se renseigner, puis ils remontèrent à flanc de colline...

Ces rues calmes se ressemblaient toutes. Ils longèrent des clôtures, hésitèrent dans les carrefours. A l'aide de leurs lampes électriques, ils déchiffraient des noms de rues, des noms de villas... des numéros...

Enfin, ils croisèrent un cycliste qui les orienta.

L'avenue des Flots-Bleus – l'une des plus hautes de la petite station enfouie sous les pins – était aussi l'une des plus désertes, avec encore quelques terrains non bâtis. Tous les gens étaient chez eux, en train de dîner – ou devant leur télévision –, comme ils pouvaient parfois l'entrevoir par une fenêtre.

« Le numéro 9, c'est là ! fit enfin Tidou. *Villa des Roses...* »

Un chien hurlait derrière la clôture. Les fenêtres de la villa étaient fermées, on devinait cependant un rai de lumière dans la fente d'un volet.

Tidou sonna, provoquant ainsi un redoublement d'aboiements. Il dut sonner trois fois avant que la porte de la villa ne s'ouvrît.

« Qui est là ? mugit une voix.

– Des amis de la Guille ! répliqua Tidou, le plus fort qu'il put, pour dominer le tapage du chien déchaîné.

– Quoi ? Qui est là ? »

Des pas approchèrent. Une voix parla au chien, le calma. La grille s'entrouvrit. La silhouette d'un homme robuste, en manches de chemise, apparut.

« Hé bé ? fit-il. Que voulez-vous, les jeunes ?

– Nous sommes les amis de la Guille... commença le Tondu.

– La Guille ? Connais pas ! »

Le Tondu se souvint alors que leur ami Jean-François ne portait ce surnom de la Guille que parce qu'il était originaire du quartier de la Guillotière, sur la rive gauche du Rhône.

« Votre neveu Jean-François, expliqua-t-il. Il est

chez vous en vacances... Vous êtes bien son oncle Hector ?

– Hé bé, oui ! J'ai ce triste honneur ! Et alors ? »

L'homme les observait dans la pénombre.

« Vous êtes complètement trempés ! gronda-t-il. Quelle idée de se balader par un temps pareil !

– Nous venons voir notre copain... Il nous a écrit de venir... que nous pourrions camper dans le jardin.

– Il est inondé ! Et puis vous avez fait le voyage pour rien, mes pôvres ! dit l'homme de sa voix de basse, harmonisée par un sympathique accent marseillais. Pour *rieng* !

– Pour rien ? » répéta Tidou, craignant soudain le pire. Sans aucun doute, il s'agissait d'une farce ! « Mais pourquoi... ?

– Parce que votre copaing est parti !... Qu'il s'appelle Jean-François ou Guilli-guilli-je-ne-sais-quoi, il a filé à l'anglaise, ce joli coco !

– Quoi ? Il est parti ? s'écrièrent d'une seule voix les deux Compagnons.

– Et même pas poli avec ça ! clama l'oncle Hector. Il a décampé au début de l'après-midi, sans tambour ni trompette ! »

CHAPITRE III

LA FARCE CONTINUE !

TIDOU et le Tondu étaient maintenant dans la salle à manger de la *Villa des Roses.* Ils avaient pu se sécher tant bien que mal, se changer avec des chandails qui avaient échappé à la pluie dans leur sac à dos ou leurs sacoches de vélomoteur. L'oncle Hector avait allumé un gros radiateur électrique et les deux infortunés voyageurs se chauffaient les jambes. Ils étaient à la fois accablés, épuisés et furieux, et pendant que l'épouse de l'oncle Hector leur préparait à dîner, ils essayaient bien difficilement de se remettre du choc.

L'entretien avait plutôt mal commencé. L'oncle Hector, visiblement mécontent, ne s'était tout d'abord pas montré trop disposé à les inviter à entrer chez lui pour qu'ils se mettent à l'abri et se reposent un peu de leurs fatigues. Pendant plusieurs minutes, il les avait tenus sur le seuil du jardin, déversant sa colère indignée sur la Guille, sur les deux arrivants, sur le temps, et sur tout les saints du paradis.

Il s'était enfin décidé à les faire entrer dans la villa.

« Changez-vous ! Séchez-vous ! avait-il ordonné en les poussant vers la salle de bains. Héloïse va vous faire un café brûlant... Puis elle vous préparera un casse-croûte... »

Maintenant il s'était calmé. Le Tondu et Tidou n'étaient plus angoissés à l'idée qu'il pût les renvoyer dans la nuit ruisselante.

« Et puis vous coucherez dans la chambre de ce sinistre farceur, ajouta l'oncle. Il y a deux divans... »

L'oncle Hector était un colosse d'une soixantaine d'années, carré d'épaules, au ventre légèrement proéminent. Ses bras musclés jouaient sous un chandail à col roulé. Une grosse moustache grisonnante tombait sur une bouche tonitruante. Ses petits yeux bleus brillaient perpétuellement – de fureur, de raillerie ou de joie, on ne savait jamais trop.

« Oui, c'est une bien sale blague ! déclara-t-il quand les deux garçons vinrent le retrouver au salon. Et de plus, votre copaing est un grossier personnage... Un vrai gros-sier ! »

Tidou ne comprenait toujours pas. Cette farce de mauvais goût lui semblait impossible.

« Mais ne vous avait-il pas prévenu que nous arrivions ? objecta-t-il. Pourtant, dans sa lettre...

– Oui, oui, c'est exact ! Avant-hier, il m'annonce que vous allez venir... Il confirme ça hier, ce matin encore... Et quand je rentre, à cinq heures, qu'est-ce que je trouve ? »

Pour la troisième fois, il montra la lettre de la Guille, qu'il conservait dans la poche de son chandail. Et il la relut, d'une voix de fausset, pour imiter la voix claire de son neveu :

« Chère tante, cher oncle, je suis obligé de partir tout de suite, appelé par une affaire avec mes copains... et je retourne à Lyon... Ne vous inquiétez pas pour moi... Si mes copains arrivent, il y a aussi une lettre pour eux... Et merci pour ces agréables journées passées chez vous... et pour...

Et bla-bla-bla ! poursuivit l'oncle. Qu'est-ce que ça signifie, hein ? Où est-il allé ? Ou bien il a fait du stop, ou encore il a pris le car pour Marseille, et de là il regagnera Lyon ?... Mais pourquoi ce départ ? »

Il gonfla sa puissante poitrine.

« Pourquoi ? Nom d'un petit bonhomme, rugit-il. Pourquoi ? »

Ni Tidou ni le Tondu ne pouvaient répondre.

« Quand je vous ai vus, j'ai failli attraper un coup de sang ! reprit l'oncle d'une voix soudain joviale. Comment ! Il file à l'anglaise, sans avertir, en laissant juste un mot pour moi et un autre pour vous... Et voilà que vous rappliquez ! Ha ! Ha ! elle est bien bonne !

– N'empêche que c'est bizarre, fit observer Tidou.

– Bizarre ! s'écria l'oncle. C'est tout ce que tu trouves à dire de ce joueur d'harmonica ? A mon avis, c'est un fada... Ou alors il vous a joué la plus vilaine farce qu'on puisse imaginer... Attendez un peu que j'aie son père au bout du fil ! Il venait de quitter son bureau quand j'ai appelé vers cinq heures... mais dès demain matin...

– La Guille... euh... votre neveu a appelé un copain à Lyon vers onze heures, lui apprit le Tondu. Mais la conversation a été brusquement interrompue comme si quelqu'un était entré dans la pièce, et l'avait obligé à couper... C'était vous ? »

L'oncle Hector parut tout ahuri.

« Moi ? J'étais à Martigues avec Héloïse ! Je ne l'ai d'ailleurs jamais empêché de téléphoner... Hier, il a demandé la permission et il a dû le faire vers six heures du soir... »

Il y eut un silence qui permit d'entendre le bruissement du vent dans les pins. Mme Hector – Héloïse – entra dans le salon et déposa un plateau sur la table.

« Tenez ! dit-elle avec un sourire. J'espère que ça vous remettra de vos émotions... »

Héloïse – âgée d'une cinquantaine d'années – était une petite femme brune et fluette, tout en angles. Nez pointu, menton pointu, cheveux noirs et raides, un air timide que contredisait une voix forte et suraiguë. Quand Hector et elle échangeaient des mots un peu vifs, cela devait faire trembler les vitres.

« Et à vous ? dit-elle en s'adressant aux deux garçons. Qu'est-ce qu'il vous dit dans sa lettre ? Il en a mis plus long que pour nous... Mais rien de plus précis, n'est-ce pas ? Oh ! le méchant drôle ! »

Pour la troisième fois également, Tidou reprit la lettre que leur avait laissée la Guille. Elle avait été rédigée à la va-vite, semblait-il, et comportait pas mal de fautes d'orthographe. L'écriture était irrégulière, tantôt haute, tantôt ramassée. Tidou la relut, silencieusement d'abord, puis à haute voix, et comme les deux premières fois il éprouva une curieuse impression. C'était bien l'écriture de leur ami, et pourtant... et pourtant ce n'était pas la sienne, cela ne correspondait qu'en partie à son style et à son ton habituels.

La lettre s'adressait « aux Compagnons qui arriveront peut-être ce soir... » et comptait une dizaine de lignes.

« Mes chers amis, lut Tidou. *J'ai changé d'idée, et regrette de vous avoir demandé de venir ici. Il m'est impossible de vous attendre, de vous arrêter si vous êtes déjà partis. Dans ce cas, je suis désolé parce que moi-même je dois partir d'urgence pour rentrer à Lyon, et je ne peux plus rester. A très bientôt, en m'excusant et en vous donnant rendez-vous à* la Caverne, *mercredi prochain, six heures. Y serez-vous, je l'espère !!!*

J.F. la GUILLE.

– Et il ne dit même pas pourquoi ! s'exclama tante Héloïse, quand Tidou eut terminé sa lecture. Il écrit dix lignes pour vous donner rendez-vous à Lyon !

– Oui, bizarre, gronda Hector. Alors qu'il vous a téléphoné hier...

– Et encore ce matin ! ajouta Tidou.

– Avant-hier, il m'a demandé si vous pouviez venir et je lui ai répondu oui. Mais pourquoi vous appelait-il ici ? Pourquoi ?

– Parce que... » commença le Tondu.

Un coup d'œil de Tidou le fit taire, et ce fut Tidou qui continua :

« Parce que l'endroit lui plaisait... Il nous a aussi parlé de votre gentillesse... et comme vous acceptiez de nous laisser camper dans votre jardin... »

De nouveau il y eut un silence. Dehors, la pluie cinglait les arbres.

« Ouais ! fit enfin l'oncle Hector. A mon avis, il a une case en moins, ce petit. Il vous invite à venir, et il décampe le même jour, sans même embrasser sa vieille tante.

– Pas si vieille que ça, hé ! protesta son épouse. Il a peut-être reçu un coup de soleil ?

– Non, décida Hector. C'est une sale farce, voilà tout. La farce d'un fada.

– La Guille n'est pas un dingue ! s'indigna le Tondu.

– Que vous dites ! rugit Hector. Seul un dingue peut vous faire des coups pareils. Et quand j'aurai son père au bout du fil, demain, il entendra ma chansonnette ! On lui tannera la peau des fesses à votre Lagui-guichose ! »

Puis il se calma. Sa large main fendit l'air.

« Suffit ! déclara-t-il. Ne parlons plus de ce petit farceur. Ça me retourne les sangs. Mets la télé, Héloïse, pour nous changer les idées ! »

« Ne parlons plus de ce petit farçeur. » –

CHAPITRE IV

LE DISPARU

QUAND Hector Bassarte reposa l'écouteur du téléphone, son visage exprimait la plus extrême surprise en même temps que les signes d'un prochain orage.

Pendant quelques secondes, il regarda fixement le Tondu et Tidou, debout devant sa table, et qui avaient silencieusement suivi la conversation. Puis il éclata :

« Pas rentré chez lui, vous avez entendu, hein ? Il n'est pas rentré chez lui, contrairement à ce qu'il dit dans ses lettres ! Ça c'est la meilleure ! Ah ! le sacripant !

– Il n'est peut-être pas encore arrivé ! suggéra le Tondu.

– Allons donc ! s'écria Hector. Il est parti hier avant midi... Lyon n'est pas au bout du monde... C'est qu'il a menti, il a filé ailleurs !... Oui, oui !... mais pourquoi ? »

L'oncle Hector avait attendu jusqu'à dix heures du matin pour joindre par téléphone, à son travail, le père de la Guille. Mais celui-ci, très surpris, lui déclara que le garçon n'était pas revenu. Bien plus, dans une lettre arrivée le matin même, il annonçait que ses Compagnons allaient le rejoindre et qu'il prolongeait son séjour à Sausset-les-Pins.

Les quatre occupants de la *Villa des Roses* se trouvaient en face d'un problème qu'ils essayèrent de résoudre, chacun à sa façon, au cours du déjeuner.

« Et s'il avait eu un accident ? suggéra la tante Héloïse de sa voix suraiguë et en se tordant les mains. Il aura fait du stop, ou bien il sera tombé du train... »

Malgré le temps redevenu beau, et le soleil, l'humeur d'Hector Bassarte était au plus noir.

« Un accident ? répéta-t-il en levant les yeux au ciel. Comme s'il avait une tête à avoir des accidents, ce drôle ! Non, c'est absurde !

– Ce qu'il y a de bizarre, dit à son tour le Tondu, c'est qu'il téléphonait hier vers onze heures du matin à notre ami Bistèque, pour nous dire de venir le plus vite possible... Et il semble avoir écrit ces lettres à la même heure !

– En tout cas, je suis maintenant persuadé qu'il ne s'agit pas d'une farce, déclara Tidou. Ça va trop loin... Et ses coups de téléphone contredisent les lettres.

– On l'a peut-être enlevé ? » suggéra la tante Héloïse.

Ce qui tira à l'oncle Hector de nouveaux rugissements. Lâchant sa fourchette et son couteau, il se plaqua les deux mains sur le front.

« Kidnappé ! s'écria-t-il. Non ! Tu t'imagines qu'on accepterait de payer une rançon pour un zigoto pareil ? Qu'ils se le gardent, les kidnappeurs ! Bien du plaisir pour eux ! »

Tidou et le Tondu ne purent s'empêcher de rire. Tante Héloïse prit un air offusqué.

« Oh ! ne parle pas de malheur ! » lança-t-elle.

L'oncle frappa du poing sur la table.

« Enfin ! Faut bien trouver une explication, pas vrai ? Eh bien, moi, je n'en vois que deux : ou bien, il est devenu complètement fada... dingue si vous préférez... Pour moi, tel que je le connais, c'est la meilleure explication... Ou bien... »

Il fit une pause.

« Ou bien ? répéta Tidou.

– Ou bien *il fait une fugue* ! Il fiche le camp, en laissant ces lettres pour nous lancer sur une fausse piste. Oui, une fugue !

– Mais c'est impossible, voyons ! protesta Tidou. Nous qui le connaissons bien...

– Pas d'autre explication ! trancha l'oncle Hector. Ou il est dingue, ou il fait une fugue. Bon ! On ne discute plus. A six heures du soir, j'appelle de nouveau son paternel, et si ce chenapan n'a pas donné signe de vie, on va à Martigues voir le commissaire de police. »

*
**

Avant d'aller faire un tour pour visiter la côte et se rendre ensuite à Martigues – comme le leur avait suggéré l'oncle Hector –, Tidou et le Tondu remontèrent un moment dans leur chambre. Tous deux ressentaient encore la fatigue du pénible voyage de la veille, et ils avaient envie de bavarder tranquillement, à l'abri des explosions de leur hôte, de ses avis catégoriques et de sa voix qui fracassait les tympans.

Pendant que Tidou s'allongeait sur son étroit divan, le Tondu resta debout, les mains dans les poches, devant la fenêtre ouverte. Elle donnait sur le côté du jardin et dominait la maison et le jardin voisins, protégés en partie par une clôture broussailleuse que soutenaient quelques fils de fer, et par un muret en mauvais état. La maison, comme le jardin, semblait abandonnée; c'était un petit pavillon aux volets clos, au toit de tuiles. Dans le fond du jardin en pente, on distinguait, entre les pins, une sorte de hangar couvert de tôle qui devait servir de garage.

Derrière lui, le Tondu entendit la voix de Tidou :

« Aucune explication n'est satisfaisante, disait-il. Il semble avoir décampé précipitamment...

– Ça, oui ! reconnut le Tondu sans se retourner.

– Il laisse un message bizarre, poursuivit Tidou. Et puis ce n'est pas son ton habituel... Il commence par « *Mes chers amis*... ! » Tu te rends compte ! Normalement, il aurait écrit « *Chers vieux*... » Non ? »

Soudain, Tidou poussa une exclamation. Le Tondu

se retourna et le vit qui se levait pour se précipiter vers la petite étagère au-dessus de la table.

« Regarde ! » cria Tidou.

Il tendit le bras et ramena un harmonica qui reposait sur la planchette supérieure et qu'il venait d'apercevoir depuis son divan, à l'autre extrémité de la pièce.

« Jamais il n'aurait oublié son harmonica ! dit Tidou, tandis que le Tondu approuvait silencieusement de la tête. Jamais ! Cherchons ailleurs... Il a peut-être laissé d'autres choses !... »

La pièce était assez sommairement meublée. Peu d'endroits où quelque chose aurait pu rester dissimulé à leurs yeux.

Rien dans les tiroirs de la table. Rien dans le placard ou dans la petite commode. Mais soudain...

« La corbeille à papiers ! » suggéra le Tondu.

Ils vidèrent la petite corbeille en rotin, trouvèrent des papiers de bonbons, de chocolat, de chewing-gum, un journal pour la jeunesse, puis un papier roulé en boule...

Tidou le déplia, l'aplatit, et tous deux se penchèrent pour le déchiffrer.

C'était bien l'écriture de leur ami. Mais cela ne les avançait en rien. La Guille semblait avoir commencé une lettre ou pris des notes pour son journal intime mais, avec son esprit farfelu et fantaisiste, il avait rédigé quelques lignes peut-être très poétiques, hélas sans queue ni tête !

Après quoi, estimant sans doute que ses élucubrations n'étaient pas dignes des P.T.T., il avait tout simplement jeté son papier à la corbeille.

« Incompréhensible ! murmura Tidou. Ecoute ça :

« *Dans la nuit, une étrange odeur de cigarette... Une*

lueur lointaine... Une voix murmure le nom de Pénélope.

– On dirait un poème, commenta Tidou. Et ça se termine par « *zut* »... Et le papier à la corbeille !

– Et si l'oncle Hector avait raison ? demanda avec inquiétude le Tondu. S'il était devenu subitement fada, comme il dit ? »

Tidou hocha lentement la tête.

« Oh ! non ! je ne crois pas...

– Moi non plus, convint le Tondu. Ah ! ça commence à me casser la tête, ce mystère ! Allons nous promener ! »

*
**

Dans l'après-midi, sur leurs vélomoteurs pétaradants, ils explorèrent les petites stations de la côte, puis gagnèrent Martigues. Ils laissèrent leurs engins sur un parking, et visitèrent la petite cité, cette fois-ci avec le soleil.

Après avoir pris des brochures et un plan à l'Office de Tourisme, ils s'arrêtèrent pour les consulter sur une petite place ombragée de platanes et entourée de quelques cafés et magasins.

« La Guille a dû venir ici, fit observer Tidou. L'oncle a dit qu'il utilisait son vélomoteur et qu'il avait passé deux ou trois après-midi ici même... Qu'est-ce qu'il aura bien pu repérer, pour nous avoir écrit une telle lettre et demandé de venir ?... »

Le Tondu ne répondit que par un grognement distrait. Cessant de consulter le dépliant touristique, il inspectait du regard les alentours. Quelque chose avait éveillé son attention.

« Regarde ce bar, dit-il à Tidou. Tu as vu comment il s'appelle ?... *Bar Pénélope* !... Tu te rappelles l'autre jour, quand le prof nous parlait de l'*Odyssée* et d'Homère... et des aventures d'Ulysse qui, une fois démobilisé après la guerre de Troie, met vingt ans à rejoindre son domicile...

– Oui, oui, dit Tidou en souriant. Fameuse Odyssée... Avec une halte chez le Cyclope, tu te rappelles ? puis chez la magicienne Circé...

– Pénélope ! prononça lentement le Tondu. C'était sa femme qui l'attendait... Vingt ans ! Et comme elle était reine, et que toutes sortes de prétendants insistaient pour l'épouser... elle leur disait qu'elle choisirait quand elle aurait terminé sa tapisserie. Mais chaque nuit, elle défaisait ce qu'elle avait tissé le jour ! C'est rusé, les femmes ! »

Inspiré par ce nom – peut-être était-ce aussi celui de la patronne du bar –, le Tondu s'amusait à se raconter la fameuse légende.

« Oui, oui, fit Tidou un peu impatienté. La Guille a dû être frappé par ce nom, puisqu'il l'a marqué sur son papier. Mais ça nous avance à quoi ? »

Ils firent quelques pas sur la place où flânaient de petits groupes de jeunes, bavardant tranquillement entre eux. Puis, abandonnant la partie nord de la ville, ils franchirent un bras du canal sur l'ancien pont tournant, se trouvèrent sur l'Ile – la partie la plus ancienne de la ville. Ils descendirent la rue de la République, étroite et encombrée, qui débouche sur le quai du canal intérieur – le canal Saint-Sébastien – bordé de vieilles maisons pittoresques.

Sur leur gauche, avant un petit pont, quelques marches descendaient vers le *Miroir aux Oiseaux*, le lieu privilégié des peintres. C'est l'extrémité du canal Saint-Sébastien qui tourne à angle droit pour rejoindre le canal de Caronte, non loin du nouveau pont basculant.

« Je me demande ce que la Guille avait bien pu découvrir ! grommela le Tondu, tandis qu'ils arpentaient le quai en contrebas. Tout est si calme, si paisible...

– Ici, peut-être, observa Tidou. Mais n'oublie pas que les environs sont farcis d'usines, de raffineries, de ports pétroliers, de stations de pompage qui alimentent les raffineries sur l'étang de Berre...

– Alors, la Guille a peut-être flairé... une odeur de pétrole, non ? fit le Tondu en plaisantant.

– Pourquoi pas ? C'est le plus important centre de pétrole de France et d'Europe, avec les installations industrielles de Fos-sur-Mer, toutes proches... Et des pipe-lines qui remontent jusqu'à Strasbourg et l'Allemagne et servent aux armées de l'OTAN... »

Le Tondu sifflota.

« Ma parole ! Tu es drôlement calé !

– L'oncle Hector m'a expliqué ça, ce matin, dit fièrement Tidou. Cette jolie petite ville touristique est au centre d'un... d'un... » Il chercha ses mots... « D'un tonneau de poudre... acheva-t-il.

– D'un baril de pétrole, corrigea le Tondu.

– Exactement; il paraît qu'il y a des tas de systèmes de protection pour empêcher des sabotages ou l'espionnage... De plus, ce coin n'est pas de tout repos, m'a encore dit l'oncle, et l'on y voit pas mal de truands marseillais qui viennent y prendre le frais... »

Tout cela ne parut guère émouvoir le Tondu. Il semblait perdu dans la contemplation du quai, des larges dalles dorées, des maisons étroites, de différentes couleurs, certaines avec une treille. Cette « île » paisible, avec son canal couvert de barques, son parking ombragé de platanes, sa mairie, qu'abritait une bâtisse ancienne, offrait un curieux contraste avec les usines toutes proches.

« Tout ça, c'est du vent ! déclara le Tondu. Nous avançons dans le vide, sans rien savoir... Et on va imaginer d'incroyables histoires de pétrole et de gangsters ! Tout ça par la faute de ce la Guille !

– Il y a un mystère, riposta Tidou. Et il sera peut-être résolu dans quelques minutes quand l'oncle Hector aura rappelé Lyon...

– Et les copains qui vont rappliquer ! On les laisse venir ?

– Oui, décida Tidou. De toute façon, ça leur fera une balade... Et nous ne serons pas trop de nous cinq pour tomber sur le dos de la Guille... si on le déniche ! »

***

Vingt minutes plus tard, ils retrouvaient l'oncle Hector qui leur avait donné rendez-vous à six heures devant la mairie. Ils l'aperçurent de loin faisant les cent pas entre son auto et la belle fontaine ancienne (astucieusement flanquée d'un bel urinoir de ciment).

« Ah ! vous voilà enfin ! cria-t-il en brandissant le poing, bien qu'ils ne fussent pas en retard. Il n'est toujours pas rentré chez lui, le bougre ! Ah ! ça va barder ! »

Puis il les invita à prendre place à la terrasse du *Bar de la Marine*, car le commissaire était absent pour le moment. Et tandis qu'ils buvaient un jus de fruit, il parla de son nouveau coup de téléphone, de l'inquiétude des parents.

« Cette fois, pas d'hésitation ! déclara-t-il. On alerte la police... Il y a du louche là-dessous... »

⁂

Le commissaire de police était un petit homme large d'épaules au visage rond et plat, aux petits yeux noirs, aux allures joviales.

Il connaissait de longue date l'oncle Hector. Et il ne parut guère le prendre au sérieux quand il exposa avec

véhémence les circonstances dans lesquelles la Guille avait disparu.

Le commissaire Delange, après l'avoir écouté en souriant, interrogea Tidou et le Tondu. Enfin il haussa les épaules, fit la moue.

« On peut toujours lancer un avis de recherche, déclara-t-il. Mais à mon avis, aucune raison de s'inquiéter... »

Il agita du bout des doigts la lettre laissée par la Guille à l'intention de ses compagnons.

« Vous avez l'esprit tordu pour aller inventer toutes ces complications ! fit-il, bonasse. Puisqu'il dit qu'il rentre chez lui...

– Mais il n'est pas rentré ! lança Tidou.

– Il prend son temps, voilà tout.

– Il fait une fugue ! grogna l'oncle Hector.

– Il a peut-être eu un accident ? suggéra le Tondu.

– On vérifiera, mais à mon avis, rien de grave...

– Il nous avait écrit qu'il avait découvert une affaire sensationnelle... Il nous a même demandé de venir le rejoindre pour l'aider dans son enquête... »

Tidou avait décidé de garder secret cet aspect de l'affaire, mais, au dernier moment, il pensa qu'il valait mieux en parler au commissaire. Cela changerait peut-être sa façon de voir les choses, piquerait sa curiosité.

Mais le résultat ne fut guère encourageant.

Le large visage du commissaire s'éclaira d'un sourire sarcastique.

« Ah ! ma parole ! Ces messieurs jouent aux détectives ! Ces messieurs lyonnais veulent faire la leçon aux policiers marseillais et à ceux de Martigues... les plus brillants de France...

– Oh ! pardon ! grommela l'oncle Hector.
– Qu'est-ce que tu dis ?
– Je dis que vous n'avez pas été si brillants dans l'affaire du yacht coulé par les contrebandiers... Tout le monde sait qu'ils avaient été avertis...
– Hé là ! on vient nous insulter à domicile ?
– Non, mais faut pas trop pousser...
– Dis donc ! Tu te permets... »

S'ensuivit une vive algarade qui fit frémir Tidou et le Tondu. Ils craignaient de voir d'un instant à l'autre le commissaire, rouge d'indignation, se précipiter sur l'oncle Hector dont la voix puissante déversait d'effroyables anathèmes sur la police locale... Il allait l'inculper d'outrage à magistrat, tout au moins le faire jeter dehors...

Désolés, les deux garçons n'osaient pourtant rien dire.

Et soudain, tout aussi vite que le vent tourne, dans le golfe du Lion, la querelle s'apaisa. Il y eut un double éclat de rire.

« Allons, allons ! fit le commissaire, je ne vais pas m'entre-tuer avec le champion de la pétanque, roi du cochonnet...
– Ni moi avec le prince des tireurs ! » ajouta l'oncle.

Les deux garçons apprirent ainsi que le commissaire et Hector jouaient tous deux dans la même quadrette de pétanque, et nourrissaient même de hautes ambitions qui devaient se concrétiser lors d'un prochain match régional.

Mais cela ne faisait pas l'affaire de Tidou et du Tondu. Patiemment, et non sans un petit frémissement, Tidou reprit :

« Alors, pour notre ami, vous pourrez...

– Une fugue ! trancha l'oncle. Attendez un peu que je le retrouve, ce drôle !

– Même pas une fugue, il se balade ! décida le commissaire. Je lance l'avis de recherche, d'accord... pour faire plaisir à votre oncle... Mais quand vous retrouverez votre copain, probablement à la sortie d'un concert pop, vous me l'amènerez, hein ? » Son visage se crispa, comme si une nouvelle explosion était proche. Mais il se contenta de lancer d'une voix menaçante :

« Vous me l'amènerez pour que je lui tire les oreilles. Sa lettre est bourrée de fautes d'orthographe ! C'est une honte ! »

CHAPITRE V

UN S.O.S.

Les autres Compagnons, Mady et le chien Kafi arrivèrent le lendemain vers une heure de l'après-midi, ayant bénéficié de conditions de transport exceptionnelles. En effet, ils avaient eu la chance de trouver un routier qui les mena directement jusqu'à Salon, d'où ils gagnèrent sans difficulté Martigues et Sausset-les-Pins.

Ce fut un beau débarquement ! Une véritable invasion ! Les Barbares, les Huns, les Mongols ! gémit l'oncle Hector. De plus, Kafi – le beau chien-loup de Tidou – fut vilainement agressé par le roquet de tante Héloïse, et il fallut les séparer.

On dressa les tentes dans le jardin. Mady se vit attribuer la chambre qu'occupaient Tidou et le Tondu, mais se réserva tout de même sa petite tente individuelle. On cassa la croûte, puis après quelques minutes de repos, les Compagnons se retrouvèrent avec Mady pour examiner la situation.

« Des parlotes ! Rien que des parlotes ! déclara l'oncle Hector. On ne sait rien de plus sur lui... Aucun indice pour tous les minables détectives que vous êtes ! Allons, petits Sherlock Holmes, imaginez quelque chose !

– Il a laissé son harmonica, lui dit Tidou.

– Et alors ?

– Ça m'étonne de lui. Il faut qu'il soit parti bien précipitamment.

– C'est sûr, reconnut l'oncle. Mais quoi d'autre ?

– Un morceau de papier où il a écrit quelques phrases sans queue ni tête... » Et Tidou cita de mémoire : ... « *Une étrange odeur de cigarettes monte dans la nuit... Une lueur lointaine... Une voix parle de Pénélope.* » Et Tidou expliqua :

« C'était la femme d'Ulysse.

– C'est surtout un bar ! répliqua ironiquement l'oncle Hector. Que signifie ce charabia ? »

Il se mit à rire.

« Quand je disais qu'il devenait fada, le pauvre ! Il nous a raconté un soir à table qu'il écrivait des poésies ! Comme l'a dit le commissaire, il aurait mieux fait d'apprendre l'orthographe, plutôt que d'écrire des imbécilités et de rêver au bar Pénélope... Ulysse ou pas ! »

Là-dessus, jugeant inutile de poursuivre toute discussion avec cette bande de farfelus qui jouaient aux détectives et comptaient un poète dans leurs rangs, il abandonna la séance.

« J'ai à faire, dit-il gentiment aux Compagnons. Mais ne vous gênez pas pour moi... Vous êtes chez vous... Vous pouvez vous balader. La porte n'est jamais fermée. Soyez à l'heure pour le dîner... Et si vous pouvez donner un coup de main à la tante, vous serez les bienvenus. »

« Accueil plutôt favorable ! murmura Bistèque quand l'oncle se fut éloigné. Mais il tient à son idée de fugue... Eh bien, non ! Impossible ! Moi qui l'ai eu avant-hier au bout du fil, je sais que la Guille ne nous jouerait pas un sale tour. »

Ils étaient assis en rond dans le jardin, près du potager soigneusement entretenu. Bistèque regarda Tidou, puis le Tondu qui avait enlevé son béret et dont le crâne luisait au soleil.

« Moi, je l'ai eu au bout du fil ! répéta-t-il. Il a dit de venir tout de suite... qu'il avait découvert une affaire *bizarre*, c'est son mot... Il a dit : « Une bagnole sus-
« pecte... peut-être aussi des explosifs... » Il a ajouté :
« J'ai bien peur de m'être fait repérer, et j'espère que
« vous allez vite me relayer... C'est une histoire
« curieuse, qui commence par des cigarettes... »

– Des cigarettes ? interrompit Tidou.

– Eh bien, oui. Il a dit ça, mais je ne comprends pas pourquoi...

– Il l'a écrit ! » s'écria Tidou en tirant de la poche de son blouson le chiffon de papier sur lequel la Guille avait tracé quelques mots.

Le papier froissé passa de mains en mains. Bistèque

haussa les épaules, et d'un mouvement de tête rejeta en arrière ses cheveux blonds.

« Ça ne nous avance à rien, remarqua-t-il. Bon ! je continue... Après avoir dit ça, il a encore ajouté : « ... Il « doit s'agir d'un trafic ou peut-être pire, et je vous « supplie de venir pour... » Il fit une pause. « Et là, reprit-il, j'ai entendu une voix d'homme. « Venez vite ! « a crié la Guille. Sinon je... » Puis on a coupé !

– C'était la voix de l'oncle ? demanda Mady dont les yeux noirs brillaient. Il aura surpris la Guille en train de téléphoner et ça l'a peut-être fâché...

– Non, répliqua le Tondu. L'oncle lui avait permis d'utiliser son téléphone.

– D'ailleurs à onze heures du matin, il était absent. »

Il y eut un long silence.

« Ce n'est donc pas quelqu'un qui l'a interrompu, dans une cabine téléphonique, dit Mady. Il a dû téléphoner d'ici.

– Et là-dessus, il écrit deux lettres pour le moins curieuses puis il disparaît ! » s'exclama Gnafron, resté muet jusqu'à présent. Son visage rond, encadré de cheveux raides et noirs exprimait la plus intense stupeur.

Puis il reprit : « Deux lettres bizarres... et tout ce qu'a trouvé à dire votre commissaire de police, c'est...

– ... c'est : « Quand vous retrouverez votre copain, « probablement à la sortie de quelque concert pop, « vous me l'amènerez que je lui tire les oreilles. Sa « lettre est bourrée de fautes d'orthographe ! » compléta Tidou avec un haussement d'épaules.

– Quoi ? » cria Mady.

*
**

Son cri retentit dans le silence. Toutes les têtes se tournèrent vers elle. Kafi lui-même qui somnolait dans l'herbe se redressa et la considéra d'un œil étonné.

« Quoi ? répéta-t-elle en se frappant de la main sur le front. Qu'est-ce que cette histoire ? *Bourrée de fautes d'orthographe ?*

– C'est vrai, dit Tidou en lui tendant la lettre en question.

– C'est faux ! Vous êtes tombés sur la tête ? La Guille est généralement premier en français... Je me rappelle qu'en cinquième, il était le meilleur en dictée...

– Ne t'énerve pas ! lui dit le Tondu en souriant. Les fautes y sont... Il a dû écrire ça à la va-vite...

– La belle excuse ! répliqua Mady. On la connaît ! »

Elle agita la lettre.

« Mais ce sont de « *fausses fautes* », peut-être ? Attendez ! C'est peut-être un message ?

– Oh ! rugit à son tour Bistèque. Oh ! je me souviens... Un jour, nous parlions, lui et moi, de messages secrets... Il m'a dit : « Si jamais j'étais obligé d'écrire « une lettre, je laisserais un message formé par la « majuscule du premier mot de chaque phrase !...

– ... Et peut-être aussi par des fautes d'orthographe ! ajouta Mady, surexcitée. Voyons ça. »

Elle étala la lettre dans l'herbe. Tous les autres se penchèrent, même Kafi qui essaya de venir fourrer son museau sur cet objet devenu soudain si intéressant.

« Les fautes d'abord ! décida Mady. Elles sont trop grossières ! Jamais la Guille ne les aurait faites. »

Le texte dont Tidou avait donné lecture l'avant-veille, à table, était rédigé ainsi :

« *Mes chers amis,*

Après mon appel téléphonique, j'ai changé d'idée et regreté de vous avoir demandé de venir ici. Il m'est impossible de vous attandre, de vous arêter si vous êtes déjà en route. Dans ce cas, je suis désolé parce que moi-même, j'ai dû partir d'urjence pour rantrer à Lyon, et je ne peux plus rester. A très bientôt, en m'escusant et en vous donnant rendez-vous à la Caverne, *mercredi prochain, 6 heures. Y serez-vous, je l'espère !!!*

J.F. la GUILLE. »

« Première faute, un « t » manque à « regretté », reprit Mady qui décidément menait toute l'affaire. Deuxième, un « a » dans « attendre ». Troisième, le « r » qui manque dans « arrêter ».

– Quatrième, le « j » au lieu du « g » dans « urgence », suggéra Gnafron.

Ce fut un concert de huées.

« Quatrième, poursuivit Mady, le « a » de rentrer. Cinquième, le « s » au lieu de « x » dans « excusant ». Je n'en vois pas d'autres. Et ça fait...

– TARAS ! dit Tidou.

– *Qu'es acco* ? fit le Tondu qui profitait déjà du parler provençal de l'oncle Hector.

– *Taras* ? répéta Tidou. Non, je ne vois pas...

– Peut-être *Tarass Boulba* ? » suggéra Bistèque qui avait des lectures.

Ils restèrent silencieux, se creusant la tête.

« Ça doit être un nom, un nom de personne ou de lieu... »

Soudain Bistèque cria :

« Et le truc des initiales ? Essayons !

« Mes chers amis, commença le Tondu : M...

– Après, ajouta Mady : A. Le I de Il...

– D de Dans, fit Tidou.

– A de A très bientôt, et Y de Y serez-vous ? compléta Mady.

– Ça donne... euh... MAIDAY... »

Un nouveau silence consterné. Puis un hurlement du Tondu :

« Mayday ! Le signal international de détresse des aviateurs ! J'ai lu ça récemment dans un récit de guerre. *Mayday...* La Guille a fait pour une fois une faute d'orthographe en oubliant le premier *y* ! Ça signifie « *m'aider* ! » un S.O.S., quoi ! »

Tout le monde approuva. Mais la stupeur était telle qu'il y eut ensuite un moment de silence.

« Oui, c'est ça ! reprit enfin Tidou. Il nous appelle au secours ! La lettre pour son oncle n'a rien de spécial... Il y dit la même chose, mais sans fautes d'orthographe... Dans la nôtre, il crie MAYDAY... et ajoute TARAS...

– MAYDAY-TARAS-mystère ! soupira Mady.

– C'est un indice, une piste, décida Tidou.

– Sûr ! approuva le Tondu. Il a été enlevé, ou du moins emmené précipitamment... Et celui qui l'a emmené l'a obligé à écrire ces deux lettres... Pour que l'on ne s'inquiète pas de lui...

– Et parce qu'il savait que nous devions venir et que nous étions de fameux détectives ! ajouta Gnafron.

– Et c'est ce même inconnu qui l'a surpris au moment où il téléphonait... l'a obligé à couper la communication, à écrire les lettres, puis l'a fait disparaître ! »

Mady se leva. Kafi l'imita et vint fourrer son museau dans la main de la jeune fille.

« Il faut retrouver la trace de tout ce qu'a fait la Guille depuis son arrivée ici, dit-elle. Nous tomberons peut-être de cette façon sur des indices... sur ce *Taras*, nom de personne ou de lieu... en espérant que ça signifie quelque chose...

– Si nous posions la question à l'oncle ? » proposa Bistèque.

Tidou, à son tour, se mit debout. Il jeta un regard vers la villa. Puis baissant la voix :

« Non ! Surtout pas ! répondit-il. D'abord il ne nous croit pas, il en tient pour la fugue... Il nous a dit de ne plus nous occuper de ça, de laisser faire le commissaire... Et puis, s'il y a une affaire louche, il y est peut-être mêlé ?

– Oh ! voyons ! protesta Gnafron. Il a l'air si sympa...

– Il est sympa, d'accord, répliqua Tidou. Mais il crie, il parle à tort et à travers, il risque de tout gâcher si on le met au courant. Non. Il faut agir en secret... du moins en ce qui concerne le message de la Guille.

– En secret ! » promirent les autres.

CHAPITRE VI

A LA RECHERCHE DE TARAS

En quelques heures, cette affaire imprécise, qui ouvrait la porte à toutes les hypothèses possibles, prit brusquement une tournure dramatique. Les événements se précipitèrent...

Dans l'après-midi, les Compagnons et Mady, aidés par Kafi, entreprirent, non sans difficulté, de reconstituer l'emploi du temps de la Guille au cours de son séjour à la *Villa des Roses,* et de découvrir les personnes qu'il avait pu rencontrer.

Il n'était pas question d'interroger l'oncle Hector, d'une humeur excécrable à cause de toute cette histoire;

d'ailleurs il allait à son chantier dans l'après-midi. Mais la tante Héloïse...

Elle se prêta volontiers à l'interrogatoire que lui infligea Mady. Celle-ci lui fit promettre de ne rien dire à l'oncle. « Pour ne pas l'énerver avec cette affaire ! » précisa-t-elle.

La tante promit tout ce qu'on voulait. Mady apprit ainsi que la Guille avait utilisé le vélomoteur de l'oncle Hector pour se promener dans le pays. Il avait visité le port pétrolier de Lavéra, Martigues, les rives de l'étang de Berre. Parfois il ressortait après le dîner ou bien montait de bonne heure dans sa chambre, et la tante se demandait d'ailleurs s'il ne filait pas par la fenêtre. Un soir, en effet, elle l'avait appelé à plusieurs reprises, sans obtenir de réponse.

Tandis que Mady posait les questions, Tidou assistait silencieusement à l'entretien.

« Qui avez-vous comme voisins ? demanda Mady.

– Oh ! pas grand monde. La villa de droite est habitée par des Marseillais pendant le week-end, et fermée le reste de la semaine. Celle de gauche appartient à un navigateur, mais il n'y vient jamais. C'est un ami d'Hector qui y couche parfois, et se charge de la surveiller et de voir si les pluies d'automne n'y font pas trop de dégâts. Il se sert du hangar comme garage. Au-dessous de l'avenue, c'est le grand jardin d'une autre villa. Au-dessus de nous, c'est la route qui mène vers le Val de l'Aigle... à quatre kilomètres.

– Votre neveu ne vous a jamais rien confié... qu'il n'aurait pas dit à votre mari ? demanda Mady.

– Oh ! non. Les derniers jours, il paraissait seulement assez anxieux... et en même temps surexcité... Il espérait bien que vous viendriez, le pauvre ! »

Tout cela aboutissait à pas grand-chose.

« Mystère complet ! » déclara Tidou quand, avec Mady, il vint retrouver ses compagnons.

Vers la fin de l'après-midi, Tidou et le Tondu emmenèrent Gnafron et Bistèque à Martigues. Mady, fatiguée, avait préféré rester à la *Villa des Roses.* Les quatre garçons admirèrent, les uns pour la première fois, les autres pour la seconde, les coins pittoresques, le viaduc de l'autoroute et le pont à bascule, puis allèrent rôder devant le bar Pénélope. Celui-ci intriguait particulièrement Tidou, depuis qu'il avait découvert ce nom dans les papiers de la Guille. Ils n'y virent que de paisibles siroteurs de pastis ou joueurs de belote. Et si quelques-uns des consommateurs avaient bien des têtes de pirates – cheveux noirs et bouclés, teint mat, yeux noirs, parfois moustache et barbe, avec un grand nez en bec d'aigle –, il suffisait d'entendre leur voix et leur conversation pour deviner qu'il s'agissait de Martigaux pacifiques au type méridional prononcé.

Bref, tout cela ne les mena à rien. Le mystère subsistait.

Pendant le dîner, l'oncle Hector alimenta pratiquement à lui seul la conversation, faisant questions et réponses. Dans l'autre camp, Tidou fut le seul qui parvint à placer quelques mots. De toute façon, on parla fort peu de la Guille, l'oncle Hector considérait en effet l'affaire comme réglée. Une fugue !

Au dessert, il pointa l'index vers le gros poste de télévision.

« Mets la télé en marche, Héloïse ! ordonna-t-il. Je crois qu'il y a un film de gangsters ! »

Et tout le monde dut rester là jusqu'à onze heures du soir. Mady, Gnafron et Bistèque tombaient de sommeil. L'oncle Hector pérora entre deux séquences du film, et tout au long d'un vague débat qui suivit sur la criminalité.

« Ça, c'est des gangsters à la mie-de-pain ! déclara-t-il avec dédain. Des petits minables. Pas de vrais truands...

– Vous en connaissez ? hasarda le Tondu. Des vrais gangsters marseillais ?

– Hé là ! Parlez-moi un peu des Lyonnais ! s'indigna l'oncle. Vous n'êtes pas si mal lotis !... Les Marseillais ne sont pas pires que les vôtres ! Il y a évidemment la racaille, les petits truands, mais les gros roulent en Rolls Royce, ils ont des bureaux et travaillent dans les grosses combines...

– Et la Maffia ? demanda Tidou.

– Boff ! On raconte tant de choses...

– En passant devant le bar Pénélope nous avons vu des têtes... euh... plutôt patibulaires ! » lança le Tondu.

Cette fois, l'oncle Hector éclata de rire.

« Si tu y étais passé avant-hier soir, tu m'y aurais vu ! » déclara-t-il.

Là-dessus, il changea de chaîne, et prétendit leur infliger une émission sur un vieux chanteur de romances – pour la plus grande joie de tante Héloïse... Mais à peine quelques roucoulades douceâtres s'étaient-elles échappées de sa gorge que le téléphone sonna.

« Ouf ! tant mieux ! murmura Bistèque. Un peu de rock, ça ferait du bien...

– Allô ! rugissait l'oncle Hector dans le combiné. Quoi ?... Que je crie moins fort ? C'est la télé !

Attendez ! » Il fit signe à tante Héloïse de baisser le son. « Quoi ? reprit-il. Qu'est-ce que j'en ai à faire, moi ?... Il a encore causé du scandale ?... Ah ! Ce Taras (Il prononçait Tarasse) toujours le même !... Complètement ivre ?... Que je vienne le chercher ?... Parce que c'est mon copain ?... Quoi ?... Sinon vous le flanquez en taule ?... Sacré Taras ! Va faire connaissance avec mes botillons ! J'arrive ! »

« *Taras !* » répéta Tidou à mi-voix en échangeant un regard avec ses compagnons.

DEUXIÈME PARTIE

CHAPITRE VII

UN RETOUR MOUVEMENTÉ

« LE VOILÀ DONC, ce Taras ! murmura Tidou, pendant que l'oncle Hector était allé sortir son auto du garage. Et c'est un copain de l'oncle ! Comme on a bien fait de ne lui parler de rien !

– Ça me paraît impossible ! murmura Bistèque. Qu'il soit mêlé à cette affaire... à la disparition de la Guille... de son neveu !

– Peu probable, reconnut Tidou. Taras est sans doute son copain, sans plus... Mais attention ! le voilà ! »

Après avoir reçu ce coup de téléphone – d'un policier, devait préciser l'oncle –, Hector décida d'aller chercher son ami Taras, complètement ivre et qui causait du scandale dans un bar de la ville.

« On peut vous accompagner ? » proposa Tidou, saisissant l'occasion au vol.

L'oncle Hector se retourna, le contempla avec étonnement. Puis il éclata de rire.

« Bah ! oui, pourquoi pas ? ça vous fera une petite promenade... Et ça vous dégoûtera probablement des pochards ! Ah !... ce Taras ! »

Les commentaires proférés à mi-voix par tante Héloïse n'étaient guère élogieux :

« Un chenapan, oui ! Toujours prêt à lever le coude ! Quand je pense qu'on lui fait confiance, qu'il entre ici comme chez lui !...

– C'est un brave type, répliqua l'oncle Hector. Honnête et tout... Et il ne boit jamais dans le travail...

– Encore heureux !

– C'est qu'il a des chagrins, le pauvre ! Allons, en route ! Qui m'accompagne ? »

Tidou avait choisi le Tondu.

Maintenant ils attendaient dans l'avenue silencieuse. L'auto de l'oncle, une petite Fiat quatre places, sortit à reculons du jardin. L'oncle alla refermer la grille, reprit le volant, vira, et vint s'arrêter auprès des deux garçons. Ils démarrèrent.

« N'écoutez pas la tante ! leur dit jovialement l'oncle au bout de quelques instants. C'est le meilleur des gars, ce Taras... C'est un Yougoslave, ou un Albanais, ou je ne sais plus trop... Sa femme est restée au pays, et il ne parvient pas à la faire venir... Voilà pourquoi, quand

L'oncle vint s'arrêter auprès des deux garçons.

il a des crises de cafard, il va s'enivrer dans quelque bistrot... »

Les phares de l'auto dansaient sur les étendues pierreuses qui, vers le sommet de la chaîne de collines, avaient remplacé les pins. On distinguait au loin les lumières qui piquetaient la centrale électrique; sur la mer invisible on voyait les feux rouges et verts des pétroliers en attente ou à leur poste de *sea-line*. L'énorme usine de *Naphta-chimie* brillait de tous ses feux. Puis ils franchirent le ruban de l'autoroute, devinèrent dans les faisceaux des phares le viaduc gigantesque. Plus bas, les lumières de la ville se reflétaient dans le large chenal de Caronte.

« Oui, un brave gars, répétait l'oncle Hector.

– Et il habite... près de chez vous ? » hasarda Tidou.

L'oncle eut un bon rire.

« Il a quatre ou cinq domiciles, le bougre ! Une chambre minable à Martigues... Mais il a trouvé un truc qui lui rapporte quelques sous en plus de son boulot : il garde les villas désertes, où les gens ne viennent que pour les vacances... Il y couche même parfois, comme dans la maisonnette à côté de chez nous... ou un peu plus loin, dans la belle villa d'un Marseillais du Val de l'Aigle...

– Et où travaille-t-il ? Que fait-il ?

– Il a été un temps à la raffinerie de la Mède... Puis il a changé... C'est un fantaisiste... Et puis quand il n'est pas content, il boit ou il cogne sur les contremaîtres. Maintenant il est chauffeur de camion-citerne, de façon irrégulière, je crois... Il pilote aussi parfois un petit yacht, un cabin-cruiser, pour un ami à lui...

– Et c'est aussi votre ami ?

– T'es bien curieux ! s'écria l'oncle. Attends un peu, tu vas faire sa connaissance... »

Ils franchirent le pont de Jonquières, traversèrent l'Ile, passèrent le second pont et débouchèrent sur le quai Nord, à deux pas de la petite place que connaissait bien Tidou.

Là ils descendirent de voiture. Dans la pénombre, trouée de lumières, ils entendirent des voix et des cris provenant du bar.

Le bar Pénélope... Cela n'étonna plus Tidou.

Un attroupement s'était formé devant la terrasse. On criait, on riait, dans un brouhaha impossible. Un agent de police et le commissaire se débattaient au milieu de la foule. Ils maintenaient debout, à grand-peine, un solide gaillard visiblement pris de boisson.

Les deux policiers ne semblaient pas trop savoir s'ils devaient emmener l'ivrogne au violon, ou l'abandonner sur la terrasse. L'incident s'était transformé en une véritable réunion publique où tout le monde donnait son avis. La foule commençait à enserrer commissaire et policier dans un étau.

« Allons ! Dégagez ! Dégagez ! » criait l'agent.

Personne ne bougeait. Sur le seuil du bar, les deux mains étreignant le rideau de perles, le patron considérait ce spectacle d'un œil sinistre.

« Vous voulez qu'on l'emmène ? cria le commissaire.

– Moi, je ne veux rien ! répliqua aigrement l'autre. Ce n'est pas moi qui vous ai appelé... Il était déjà dehors, à importuner les passants...

– On se le garde ! » hurla un farceur.

Taras, car c'était lui, battit soudain des bras comme pour se dégager de tout cet attroupement. Le commissaire et l'agent tentèrent de le maîtriser, croyant qu'il allait frapper, mais Taras se contenta de rire. Il appuya la tête sur l'épaule de l'agent, ferma les yeux, provoquant ainsi l'hilarité générale.

L'oncle Hector mit fin à la scène en fendant la foule sans ménagement.

« Ah ! te voilà ! gronda le commissaire. Tu en as mis du temps !

– Faut arriver, répliqua simplement l'oncle Hector. Alors, qu'est-ce qu'il a fait encore, ce malheureux Taras ?

– Il a insulté les gens ! Il a renversé une table... »

Taras se mit à hurler, déversant un chapelet de mots rocailleux – serbe ou croate nul ne le sut –, mais ce n'était certainement pas des gentillesses.

« D'accord, lui dit simplement l'oncle Hector. Je vois que tu as encore trop bu...

– Onze pastis ! lança le patron.

– Fallait pas les lui servir, imbécile ! répliqua Hector. Alors, je te ramène ? »

Brusquement, Taras sembla reprendre conscience, quand il aperçut son ami. D'un mouvement brutal il se dégagea; puis, debout et vacillant, les bras tombant le long du corps, le visage levé vers le ciel nocturne, il se mit à pleurer.

« Pas *zontil* avec moi ! gémissait-il. Mais bientôt ze serai riche... très rich-ch-ch. Des millions... Alors ze viendrai tout casser...

– D'accord ! d'accord ! acquiesça l'oncle Hector. En attendant tu vas me suivre et aller te coucher. »

– C'est ça. Emmène-le. Sinon je le coffre, ton copain ! cria le commissaire. Au passage fais lui faire trempette dans le canal pour lui éclaircir les idées !

– Je serai riche ! Rich-ch-ch ! » éructa Taras.

Soudain, il fut pris de nausée, hoqueta, porta la main à son estomac et se pencha en avant. Tout le monde s'écarta précipitamment de lui. Mais ce n'était qu'une fausse alerte.

« Il n'a pas l'air bien méchant, observa Tidou.

– Non, convint le Tondu. Plutôt rigolo. Mais onze pastis !... C'est moche, les pochards ! »

L'oncle Hector avait pris Taras par le bras et l'entraînait vers son auto. Tidou et le Tondu suivirent, ainsi qu'une douzaine de spectateurs qui continuaient à lancer des quolibets.

« Hé ! Taras ! Quand tou séra rich-ch-ch, tou paieras oune tournée ? »

Pour toute réponse, Taras se mit à larmoyer encore

plus fort. Il marchait d'un pas saccadé, tête levée, le visage inondé de larmes. L'oncle Hector le conduisait d'une main ferme.

« Hé ! regarde ! fit Tidou en lançant un coup de coude au Tondu. Tout le monde ne rit pas... Regarde sur la gauche... »

En effet, si les habitués du bar Pénélope étaient principalement des pêcheurs, des petits commerçants ou des ouvriers des raffineries, trois consommateurs contrastaient avec eux et ne semblaient pas partager cette hilarité.

Le premier était un grand gaillard vêtu sportivement : pantalon blanc, léger tricot à col roulé, baskets aux pieds. Les deux autres étaient habillés bien différemment. L'un portait un veston gris perle, une cravate et une élégante casquette de peau. L'autre une veste jaune, un nœud papillon et un feutre. Des souliers noirs, pointus comme des épingles chaussaient leurs pieds.

Mâchoire serrée, ils suivaient des yeux Taras, les mains aux poches, pouces dehors.

« Drôles de gars ! » murmura le Tondu.

Le trio restait à l'écart. Soudain Taras tenta de se dégager de la poigne de l'oncle Hector.

« Zé lé touerai tous ! cria-t-il en se débattant. Qué mé font des misères...

– Allons ! Du calme ! ordonna Hector. Monte dans l'auto... Là ! Là !... »

Ce ne fut pas une petite affaire que de caser Taras sur le siège avant de la petite voiture. Il se contorsionnait, menaçait, laissait émerger un bras ou une jambe. Enfin Hector put claquer la portière. Tidou et le Tondu prirent place à l'arrière.

Sans trop de ménagements, l'oncle Hector embraya, obligeant les badauds et les curieux à s'écarter précipitamment.

« Zé les touerai tous ! » cria encore Taras.

L'oncle Hector fulminait.

« Tu finiras par t'attirer une sale histoire, idiot ! grondait-il. Les gens dont tu gardes les maisons ne te feront plus confiance... Ton patron non plus... Quand tu te mets à boire...

– Zé souis malérous ! gémit Taras. Tou peux pas savoir, toi ! »

Hector jura de plus belle, tout en pilotant rapidement sa petite auto sur la route qui grimpait vers le sommet de la colline. Tassés sur la banquette arrière, Tidou et le Tondu ne disaient mot.

Ils étaient satisfaits d'avoir découvert inopinément ce mystérieux Taras, nommé par la Guille dans sa lettre, mais ils ne parvenaient pas à voir dans cet individu plutôt comique un redoutable kidnappeur, et encore moins un bandit. Et pourtant, la lettre de la Guille le désignait nommément. Il devait savoir ce qui était advenu du garçon.

« Avec un ivrogne, on peut s'attendre à tout ! murmura le Tondu à l'oreille de Tidou.

– Boff ! fit celui-ci. En général, ils font beaucoup de tapage, mais ils ont le vin gai... »

– Tu parles ! Il pleure comme un gosse ! »

Les éructations larmoyantes de Taras, mêlées aux gronderies d'oncle Hector, couvraient leurs paroles.

« En tout cas, on le tient, chuchota Tidou. On ne le lâche plus... »

L'auto redescendait maintenant vers la mer. Quelques lumières trouèrent l'ombre, les masses sombres des pins surgirent. L'oncle Hector s'engagea bientôt dans l'avenue des Flots-Bleus, stoppa devant sa maison.

« Tu descends ? demanda-t-il à Taras. Tu veux qu'Héloïse te fasse un café bien fort ? Ou tu rentres chez toi... Enfin, je veux dire : à côté ?

– Café ! » marmonna Taras.

Il s'extirpa de la voiture, tituba sur la route, se retourna pour claquer la portière à toute volée, et se trouva face à face avec les deux garçons, qui, eux aussi, avaient mis pied à terre.

« Qui c'est ça ? grogna-t-il en pointant un doigt tremblant vers eux.

– Des amis de mon neveu. Ils sont arrivés à plusieurs... alors que ce misérable sacripant a joué la fille de l'air ! »

Taras tenta de les dévisager dans la pénombre, puis il se détourna, et, toujours soutenu par l'oncle Hector, traversa le jardin puis s'étala avec fracas sur les marches du perron.

***

Vingt minutes plus tard, dans la petite cuisine où ils étaient tous rassemblés, Taras parut reprendre ses esprits. Il avait absorbé quatre tasses de café non sucré, il transpirait abondamment, mais déclarait se sentir mieux.

« Moi j'ai fou ! répéta-t-il de sa voix rocailleuse, en se frappant le front du poing. Pas bon pour santé, de boire !

– On ne te le fait pas dire, vaurien ! lança tante

Héloïse avec un regard « au vitriol ». Si tu continues comme ça, on te renverra dans ton pays. »

L'oncle Hector n'avait guère paru enchanté lorsque Tidou et le Tondu les avaient suivis dans la cuisine. Mais ceux-ci étaient résolus à ne pas lâcher Taras d'une semelle.

Ils furent rejoints par Mady, Bistèque et Gnafron qui somnolaient devant la télévision.

« Ze ne buvrai plus ! » jurait Taras.

Il finit par se lever, encore incertain sur ses jambes, mais en partie dégrisé par le café et les remarques acerbes de tante Héloïse.

Il tituba vers la porte.

« Tu vas te coucher ? Tu veux que je t'accompagne ? proposa l'oncle.

– Non, non », fit Taras en secouant la tête. Il regarda les quatre garçons et Mady, comme s'il s'apercevait seulement maintenant de leur présence. Puis d'une voix posée, avec un accent moins prononcé, il ajouta :

« Ze dois aller au Val de l'Aigle... Pas allé aujourd'hui...

– Ce soir ? s'exclama l'oncle Hector. Si tard ?

– Oui, oui. Ze dois surveiller tous les jours... ze dormirai là-bas...

– Et dans cet état, tu te crois capable de rouler à vélomoteur ou en auto ? s'exclama l'oncle. Tu vas faire des catastrophes !

– Zé dois... »

L'oncle Hector se leva.

« C'est bon. Je t'y mène. Mais comment reviendras-tu ?

– Y a un vélo, là-bas... »

Pendant que Taras faisait des adieux à tante Héloïse, Tidou entraîna ses amis hors de la cuisine.

« Tout le monde ouvre l'œil ! chuchota-t-il. Nous, on l'accompagne... Les autres vont fouiner dans la maison d'à côté... »

Puis ils suivirent l'oncle Hector qui, tenant Taras par le bras, le ramenait à son auto.

L'oncle Hector ne fit aucune réflexion. Peut-être était-il content d'avoir de la compagnie pour le retour.

CHAPITRE VIII

LE VAL DE L'AIGLE

EN QUELQUES MINUTES, ils émergèrent du versant boisé et des villas, abordèrent une crête rocheuse puis s'engagèrent sur une pente rocailleuse au flanc d'un vallon qui dévalait vers la mer.

Sous la lueur des phares, surgirent brusquement à leur gauche des murs, hérissés de barbelés, et derrière lesquels on devinait la masse sombre d'une bâtisse au toit plat, entourée de quelques arbres.

Puis sur leur droite, ils aperçurent une lumière qui clignotait, au-dessous de la route, au milieu des buissons agités par le vent. Bientôt un grand écriteau apparut à l'amorce d'un chemin : LA GUINGUETTE À GERMAINE. Une main en métal découpé, placée sur l'écriteau, indiquait impérieusement la direction.

« Oui, oui, une guinguette où les gars viennent boire un coup et s'amuser le dimanche, dit l'oncle qui semblait connaître les lieux. Y'a pas mal de monde. Plus bas on trouve une belle calanque avec beaucoup de voiliers et de canots... Ça m'étonne qu'il y ait encore du monde à cette heure et en semaine...

– Bah ! il est à peine minuit ! » observa Tidou.

Ce décor nocturne et sauvage l'enchantait et en même temps l'impressionnait : un vallon raviné couvert de blocs de rocher, de rocailles, de genévriers, une maison, véritable château fort, et enfin une guinguette perdue dans les broussailles sous un ciel voilé... Tout cela créait une atmosphère digne d'un film d'angoisse...

L'oncle Hector stoppa, secoua Taras qui soufflait, cassé en avant. Il mit pied à terre, contourna l'auto et vint ouvrir la portière. De nouveau, il eut du mal à en retirer son passager. Mais une fois debout sur la route, Taras parut reprendre ses esprits.

« Bonsoir, bonsoir ! » grommela-t-il.

Dans l'ombre, il examina du regard les deux garçons qui, eux aussi, étaient descendus.

« Qu'est-ce qu'ils me veulent, ceux-là ? grogna-t-il. Hein ?

– De jeunes amis, répliqua l'oncle Hector. Je te les ai présentés, non ? »

Sans répondre, Taras marcha vers une petite porte jouxtant un grand portail qui ouvrait dans le mur de la propriété. Il trébucha sur les gravillons.

« Hé ! Attends ! Je vais t'aider ! » proposa Hector.

En trois pas, il rejoignit Taras, l'empoigna par le bras, le traîna vers la porte.

« Tu as les clefs ? demanda-t-il.

– Ouais, ouais... Pas perdou... »

Tidou et le Tondu, debout au bord de la route, attendaient. La nuit était calme, parcourue seulement de temps à autre par quelque brusque coup de vent tombant de la crête et roulant dans ce ravin qui plongeait vers la calanque invisible. L'air sentait le thym et toutes les herbes sèches des rocailles.

« Donne-moi la clef, disait l'oncle, dont la voix venait distinctement jusqu'à eux... Je t'accompagne... On fait un tour de la baraque pour voir si tout va bien, puis je te ramène... »

L'explosion de rage de Taras fut si inattendue, que Tidou et le Tondu sursautèrent.

« Non ! hurla Taras. Tire-toi de là ! Laisse-moi...

– Mais je... »

Un choc mat. Deux ombres indistinctes qui s'empoignaient.

« Mais il cogne, ce sauvage ! cria l'oncle Hector. Je vais t'apprendre... »

Malheureusement pour lui, Taras n'avait rien à apprendre, et il y eut encore des coups sourds.

L'oncle Hector recula de quelques pas.

« Sauvage ! glapit-il. Débrouille-toi tout seul ! Ça, c'est la meilleure ! Je vais le chercher au bistrot, je le tire des pattes des flics, je le ramène chez moi, je fais le taxi jusqu'ici... Et il me balance son poing en pleine figure ! »

A la lueur du clair de lune, que pour un instant les

nuages avaient dégagé, Tidou et le Tondu virent l'oncle revenir vers eux, hausser les épaules. Il rageait à mi-voix, et soudain il éclata de rire.

« Ah ! ces estrangers ! glousse-t-il. Allez ! Montez ! on rentre... »

Tidou eut trois secondes d'hésitation. Il entendait derrière lui Taras qui trifouillait dans la serrure. Sa clef tintait sur le métal de la porte. Puis Tidou se décida, sans même consulter le Tondu, car il était certain que celui-ci l'approuverait :

« Si ça ne vous fait rien, dit-il gentiment à l'oncle Hector, nous ne rentrons pas avec vous... La nuit est si belle. Nous préférons revenir à pied...

– A pied ? Près de quatre kilomètres ? Hein ? En pleine nuit ? *Seis pas fada ?*

– Oui, oui, fit à son tour le Tondu. Nous avons besoin de nous dégourdir les jambes... de respirer !

– Ah ! Bonne Mère ! rugit l'oncle Hector, partagé entre l'amusement et l'indignation. Dimanche, j'irai porter un cierge à la Bonne Mère, à Notre-Dame-de-la-Garde. Pour la remercier de ne m'avoir donné qu'un seul neveu. Mais vous êtes libres, bien sûr. Attention aux méchants bonshommes qui rôdent la nuit ! Attention aux vampires ! Ha ! ha ! Ça vous fait peur, hein ? Et ne réveillez pas toute la maison quand vous rentrerez. »

⁂

Un coup de vent effaça le ronflement lointain du moteur. Tapis dans le fossé bourré d'herbes piquantes, Tidou et le Tondu observaient Taras, qui, tout occupé à se battre avec la serrure, n'avait assurément rien remarqué.

« C'est un dingue, tu crois ? murmura le Tondu.

– Sais pas. Un agité, c'est sûr...

– Qu'est-ce qu'il vient faire ici ?

Il l'a dit : vérifier que tout va bien... Il est chargé de surveiller cette maison, comme quelques autres... Faudra demander à qui elle appartient...

– Ça y est ! Il a réussi ! » chuchota le Tondu.

La porte de fer se referma avec un claquement qui parut énorme dans le silence. De derrière le mur, ils entendirent Taras pousser des jurons. Il avait dû trébucher sur quelque obstacle.

« On va rester longtemps ? demanda le Tondu.

– Je l'ignore. Ce Taras est mêlé à la disparition de la Guille, c'est la seule chose qu'on sait. Donc il ne faut pas le lâcher d'un pouce, et il nous mènera peut-être à lui.

– Oui, mais pourquoi aurait-il fait ça ? Il n'a pas une tête à combiner un coup ! Il n'a pas l'allure d'un bandit... Et pourquoi aurait-il kidnappé la Guille ? En tout cas pas pour une rançon ! »

Tidou soupira.

« Parce que la Guille a dû surprendre quelque chose... On le sait par ses lettres, et par son dernier coup de téléphone... Mais quoi ? »

Quand ils se taisaient, les grillons recommençaient à crisser dans les herbes folles. Là-haut, au premier étage de la maison, une fenêtre s'éclaira. Tidou distingua la silhouette de Taras.

« Il va se coucher, suggéra le Tondu. On attend encore un peu, puis on file... Quatre kilomètres à faire !...

– J'ai dit à Mady et aux deux autres d'aller jeter un coup d'œil chez lui, à côté, répondit Tidou. Et demain, quand Taras sera reparti, il faudra venir fouiner ici... »

Il y eut de nouveau un long silence. Un chien aboyait du côté de la guinguette où la lumière brillait toujours.

« Ça y est ! Il a éteint ! Il dort ! » murmura le Tondu.

Ils attendirent encore deux ou trois minutes, mais à l'instant même où ils se dressaient pour repartir, la porte de fer grinça sur ses gonds. Taras surgit dans l'ombre, traversa la route d'un pas traînant, s'engagea dans le chemin de la *Guinguette à Germaine*.

⁂

Bien que Mady tombât de fatigue après cette journée bien remplie, elle n'hésita pas à remplir la mission que lui avait confiée Tidou : « Allez fouiner à côté ! » Mais en premier lieu, il s'agissait d'éliminer tante Héloïse. Mady expédia Bistèque et Gnafron en éclaireurs, munis de lampes de poche, tandis qu'elle-même tenait compagnie à tante Héloïse jusqu'au retour de son mari.

Elle l'interrogea discrètement sur Taras mais n'apprit pas grand-chose de plus, sauf une confuse histoire de permis de séjour et de carte de travail égarée ou refusée, et le fait qu'il avait une femme pour laquelle il n'avait pu obtenir l'autorisation de venir en France. C'était pour cette raison, estimait tante Héloïse, que son caractère était devenu plus ombrageux et qu'il buvait parfois un peu trop.

« Il est bizarre, conclut Héloïse. Mais bien gentil tout de même... Et serviable, et tout... Hector lui a rendu quelques services, lui a trouvé la maison où il loge, à côté, et ce Taras se ferait piler pour lui... Presque tous les jours, il vient travailler au potager, il me fait mes carreaux, il m'aide de mille façons... Il a même les clefs de la maison, tellement on a confiance...

– Est-ce que Jean-François le connaissait ? Lui parlait ?...

– Oui, je crois... Oh ! je me souviens même, il y a quelques jours, par la fenêtre de sa chambre, j'ai vu Jean-François dans le jardin d'à côté...

– Avec Taras ?

– Ma foi, non. Mais pourquoi toutes ces questions ?

– Parce que notre ami a disparu, et nous cherchons à savoir ce qu'il a pu faire avant son départ précipité, qui il a pu voir...

– Vous ne soupçonnez tout de même pas Taras ! s'exclama tante Héloïse, horrifiée, en portant les deux mains à ses joues.

– Non, non, c'est simplement pour reconstituer son emploi du temps... »

Mady fit une pause, puis elle attaqua franchement :

« Votre mari croit que votre neveu a fait une fugue. Le commissaire aussi... Mais nous, nous sommes certains qu'il a été emmené, enlevé...

– Mais pourquoi ? Son pauvre père gagne tout juste sa vie ! »

Sur ces entrefaites, on entendit le ronflement de la voiture qui rentrait au garage. Quelques instants plus tard, l'oncle Hector pénétrait dans la pièce, tonitruant selon son habitude.

« Ils sont tous fous, ces jeunes ! lança-t-il jovialement. Figure-toi, Héloïse, qu'ils ont voulu rentrer à pied.

– Qu'est-ce que tu as sur la joue ? » demanda tante Héloïse d'un ton inquisiteur.

Hector tâta sa pommette où un coup de poing avait laissé un bleu bien visible.

« Oh, rien, Taras m'a un peu bousculé...

– Le sacripant ! Lever le doigt sur toi, quelle honte ! s'indigna l'épouse, oubliant subitement tout le bien qu'elle avait dit de Taras.

– C'est bon, c'est bon, pas d'histoires, répliqua Hector. Quand je travaillais sur le port de la Joliette, j'en ai encaissé d'autres, et je n'en suis pas mort... Et une fois, à Djibouti, quand je me suis retrouvé seul contre...

– Ne commence pas à raconter tes campagnes ! interrompit son épouse, au grand soulagement de Mady. Il est tard. Monte te coucher, ma fille. Et toi, Hector, au lit ! »

Mady leur souhaita bonne nuit et fila dans le jardin.

⁂

Courbé en deux, le Tondu marchait sur les traces de Taras. Il allait à pas légers, comme un danseur, touchait même parfois le sol des mains, s'immobilisait un instant derrière un buisson. Mais il était bien certain que, malgré la lune qui brillait depuis un moment, Taras ne s'apercevrait de rien, car le bruit de ses propres pas, dérapant dans les cailloutis, couvrait tous les autres.

« Suis-le ! avait dit Tidou. Moi, je vais voir si je peux entrer dans la maison... Sinon, je te rejoins... »

Lui aussi courbé en deux, il avait traversé la route tandis que le Tondu se glissait derrière Taras.

Le Tondu restait à une vingtaine de mètres derrière l'homme. Soudain celui-ci trébucha, s'étala sur le chemin en pente, puis se releva en lançant une kyrielle d'incompréhensibles jurons. Au même instant, le Tondu sentit une main sur son épaule.

« C'était fermé ! murmura la voix de Tidou. Dommage... Il va à la guinguette ? »

En effet, Taras se dirigeait vers la lumière qui vacillait entre les arbustes et les hautes broussailles. Elle provenait d'une ampoule pendant au bout d'un fil au-dessus d'un petit terre-plein entouré de tables métalliques et de chaises. La maison elle-même, ou plutôt la baraque, était dans l'obscurité.

« Houla ! hurla Taras. Houla ! Hé ! Germaine ! »

Il répéta sa série de hurlements jusqu'à ce qu'une fenêtre s'ouvrît à l'étage, juste sous le toit. Une silhouette massive se découpa sur le rectangle de lumière. Un chien, attaché quelque part, hurlait avec fureur.

« Taras ? cria la silhouette. T'es pas fou, non ? Tu me réveilles en sursaut et tu me cailles les sangs !... Qu'est-ce que tu veux à cette heure ? Tout le beau monde, il dort ! »

– Germaine, donne-moi à manger, répliqua Taras.

– Fan de chichourle ! Tu crois que c'est une heure pour manger ? Tu es saoul, non ? Va demander ça à tes copains de Martigues !

– *A manger* ! » rugit Taras en brandissant les deux poings.

La femme recula, et Tidou et le Tondu la virent mieux : une robuste dame, carrée d'épaules, à la forte poitrine, à la longue chevelure noire.

« Tu vas réveiller Alfred ! cria Germaine.

– A manger ! répéta Taras. Du pain, du saucisson !

– Y a pas de pain pour les feignasses comme toi ! riposta la femme. Va-t'en là d'où tu viens, méchant diable !... Attends, je descends... »

Taras s'approcha de la porte de la guinguette. Tidou et le Tondu le suivirent, se blottirent dans les broussailles qui bordaient les deux côtés du chemin. Celui-ci, un peu plus loin, tournait et débouchait sur le terre-plein. A droite, sous une bâche tendue entre deux arbres, ils distinguèrent une auto.

La porte s'ouvrit. Germaine parlementa un moment sur le seuil avec le visiteur nocturne qui réclamait non seulement pain et saucisson, mais aussi jambon, fromage et oranges...

« Ma parole ! Mais tu n'as pas mangé depuis huit jours ! s'exclama la femme. Tu te contenteras de ce que je trouverai... Attends. »

Il fallut un certain temps à Taras pour obtenir ce qu'il voulait, puis la porte se referma avec une série de « Bonsoir ! » lancés par l'homme, toujours très en train. Il repassa entre les deux garçons, gravit péniblement la pente, un panier au bras, traversa la route et rentra dans la villa dont la porte claqua lourdement.

« Ça y est ! fit Tidou entre ses dents. Cette fois, on est sûr... L'invité, c'est la Guille... Encore heureux qu'il songe à le nourrir...

– Avertissons la police !

– Pas encore ! On n'en sait rien...

– Mais tu viens de dire que c'était sûr ! cria le Tondu, au risque d'être entendu à la ronde.

– Chut ! fit Tidou. Moi, je crois qu'il est là, mais qui nous croira ? La police ? L'oncle Hector ? Et d'autre part, ce Taras n'est sûrement pas le seul dans le coup. Il doit y en avoir d'autres derrière lui... En avertissant la police, nous réussirons seulement à donner l'éveil à Taras...

– Alors, que faire ?

– Le surveiller. Et pendant ses absences, explorer sa baraque de Sausset, et surtout celle-ci. »

Le Tondu ne réagit que par un grognement désapprobateur. Le silence retomba. Les grillons recommencèrent à crisser.

CHAPITRE IX

LES DOMICILES DE TARAS

JUSQU'À PRÉSENT, seuls Tidou et le Tondu avaient joué un rôle dans cette affaire. Mais la journée qui commençait fut marquée par l'entrée en scène des autres Compagnons et de Mady, et par une discussion entre eux qui faillit tourner à la bagarre.

Tout le monde s'était levé tard après une nuit si agitée. Vers dix heures du matin, quand les Compagnons vinrent dans la cuisine, tante Héloïse les reçut avec un visage lugubre.

« Hector est parti au travail, leur dit-elle. Et ça vaut mieux pour vous... Parce qu'il est sur le point de piquer une grosse, grosse colère !

– Pourquoi ? » demanda Bistèque.

Elle haussa les épaules.

« Cherche, et tu trouveras... D'abord cette disparition de Jean-François qui commence à l'inquiéter sérieusement. Ensuite, toutes ces histoires d'hier au soir...

– Mais nous n'y sommes pour rien ! protesta Mady.

– Pour Taras, non, bien sûr. Mais Hector sent que vous lui faites des cachotteries... Cette idée de rester là-bas au Val de l'Aigle !... Il vous a entendus rentrer vers deux heures du matin. Vous l'avez réveillé. Puis il est descendu dans la cuisine et vous a aussi entendus qui discutiez dehors en pleine nuit. C'est sacré, son sommeil ! Faut le respecter !

– Toutes nos excuses, madame, fit Tidou en souriant. Si nous vous gênons, nous pouvons aller nous installer ailleurs. Voulez-vous ?

– Mais non ! mais non ! protesta la sympathique dame. Mais faut le comprendre, cet homme ! Il est si délicat ! »

Un quart d'heure plus tard, quand ils eurent fini de prendre leur petit déjeuner, les Compagnons se retrouvèrent au fond du jardin de l'oncle Hector derrière les trois tentes dressées sur la pelouse, près du potager pour y tenir « un conseil de guerre ».

Très vite, Tidou et le Tondu s'opposèrent violemment. Le Tondu voulait faire appel à la police. Tidou ne voulait pas :

« Hector est déjà en rage contre nous, lui répliqua-t-il. Si nous lui disons que nous soupçonnons Taras, il deviendra fou. Le commissaire, lui, nous traitera d'imbéciles. Tout le monde aime bien Taras, par ici...

Et quelle raison aurait-il eu de kidnapper la Guille ?

– A la police de trouver ! cria le Tondu. Si nous ne faisons rien...

– Et si nous accusons sans preuves ? Eux, ils en tiennent pour la fugue, ils ne nous écouteront pas. Et même en admettant qu'ils nous croient, qu'ils perquisitionnent la villa du Val de l'Aigle, quelle tête ferons-nous si la Guille n'y est pas ?

– Je suis sûr qu'il y est ! riposta le Tondu.

– Oui, sans doute. Alors c'est à nous de le délivrer ! »

Comme la discussion s'éternisait, car le Tondu prétendait que ne pas faire appel à la police c'était mettre leur camarade en danger, Tidou proposa de voter.

« Il faut agir nous-mêmes, reprit-il. Perquisitionner à côté, suivre et surveiller Taras, et cet après-midi tenter de pénétrer dans la *villa des Aigles...* C'est son nom.

– Un vrai château fort ! soupira le Tondu.

– On en a vu d'autres. Allez ! On vote ! »

Gnafron et Mady furent de son avis. Bistèque prit le parti du Tondu.

« Trois contre deux, déclara Tidou.

– Ouais ! protesta Bistèque. Mais si la Guille était là, il aurait voté pour le Tondu ! »

Ce qui, en dépit de l'inquiétude qui les tourmentait, eut pour résultat de les faire rire et ramena la concorde.

La veille au soir, Mady, Gnafron et Bistèque étaient parvenus à passer dans le jardin voisin et l'avaient exploré à l'aide de leurs lampes de poche. Ils avaient frappé doucement aux volets clos de la maison en appelant à mi-voix, ils avaient lancé le faisceau de leur lampe vers les deux fenêtres, sans résultat. La maison était manifestement déserte. Dans le fond du jardin, adossé à la pente raide, un garage avait attiré leur attention, mais il était fermé à clef. Par un petit vasistas, Bistèque avait pu distinguer une auto noire, assez ancienne, une Peugeot, sans doute. Des caisses ou des boîtes protégées par une bâche remplissaient tout un côté du garage. Soudain, les trois explorateurs nocturnes avaient sursauté en entendant littéralement tomber sur eux la pétarade d'un vélomoteur. Ils avaient alors constaté qu'une route, ou un chemin communal, passait juste au-dessus du garage, le niveau de cette route étant à peine supérieur à celui du toit de tôle.

Quand il était rentré avec le Tondu, vers deux heures du matin, Tidou s'était senti trop fatigué pour aller examiner les lieux. Après un bref entretien avec Mady et les Compagnons, il s'était roulé dans sa couverture sous la tente, et s'était endormi immédiatement. Les autres l'avaient imité. Mady, elle, était remontée dans la chambre de la Guille au premier étage, et c'était sans doute elle qui avait réveillé l'oncle Hector. Avant de se coucher, elle était restée un long moment devant la fenêtre ouverte, contemplant le jardin obscur, et cherchant un sens aux quelques mots tracés par la Guille... « Une odeur de cigarette dans la nuit... Pénélope... » et son allusion à une « auto mystérieuse » dans la seconde lettre qu'il leur avait adressée.

Ce matin-là, la « perquisition » dans la maison voisine n'offrait aucune difficulté. Taras était rentré à vélo, comme l'attestait la bicyclette laissée dehors, dans son jardin, et l'on savait par tante Héloïse qu'il était allé travailler vers les neuf heures à vélomoteur. La voie était libre.

La maisonnette où il habitait ne présentait aucun mystère, et Taras avait même négligé de refermer la porte à clef, se contentant de boucler celle du jardin, donnant sur l'avenue. Les Compagnons n'y découvrirent aucun indice, sauf un cendrier débordant de mégots de cigarettes américaines blondes, et un paquet non entamé de ces mêmes cigarettes, abandonné sur la cheminée.

« Une étrange odeur de cigarettes dans la nuit... » cita Tidou.

Puis il haussa les épaules, sortit de la maison et se dirigea vers le garage.

C'était une solide construction en planches, renforcée de barres de fer. La porte était fermée à clef. Comme l'avait fait Mady, Tidou regarda par la petite fenêtre grillagée et aperçut l'auto noire. Surpris de la voir si bien par cette étroite ouverture, il leva les yeux et comprit que la lumière tombait du haut, par une lucarne du toit. Il escalada alors le mur du fond du jardin, et prit pied sur la bande d'herbe qui bordait la route.

« Tiens ! remarqua le « petit » Gnafron qui l'avait suivi. Mais on pourrait entrer par là ! »

En effet, le toit de tôle ondulée comportait une très large lucarne, constituée par une plaque de verre armé encadré de fer. Un grillage, le long du mur, empêchait de passer sur le toit. Tidou, aidé par Gnafron eut tôt fait de l'escalader. Il sauta le petit espace séparant le garage du mur de soutènement, s'avança à pas prudents sur les tôles, essaya de soulever le vasistas. Mais il était maintenu de l'intérieur par une barre de fer à crans. On ne pouvait l'ouvrir que de dedans.

Tidou se pencha alors et, à travers la vitre, examina l'intérieur du garage.

« Tiens ! observa-t-il. Le tas de paquets sous la bâche, dont parlait Mady, je ne le vois plus... »

A part l'auto, le garage semblait vide.

« Ils étaient là cette nuit ! assura Gnafron depuis la route. Si on les avait enlevés, on aurait entendu du bruit depuis nos tentes, dans le jardin voisin. »

Tidou tapota la vitre du doigt.

« Et par là ? suggéra-t-il. Quest-ce que tu en dis ? Une auto vient stationner en douce ici sur la route déserte... On fait entrer la marchandise par la lucarne... Ou au contraire, on la retire par là.

– Taras a peut-être fourré ces paquets dans le coffre de l'auto ? remarqua Gnafron.

– Oui, possible. Mais de quoi s'agit-il ? Tout cela est bien mystérieux ! N'est-ce pas notre imagination qui nous joue des tours ? »

En effet, tout cela ne les avançait guère. Le seul problème, qui devenait angoissant, c'était la disparition de la Guille. Et même si ses mystérieux messages, ainsi que certains indices les avait mis sur la trace de Taras, celui-ci avait une attitude incompréhensible.

« La seule explication, conclut le Tondu, c'est que cette bonne brute agit pour d'autres... un homme de main ! Il est probablement dans une mauvaise passe, il s'affole, il boit... »

– Oui, mais la Guille ? Que vient-il faire là-dedans, la Guille ? »

Question sans réponse.

*
**

Comme ils l'avaient décidé, ils retournèrent dans l'après-midi à la villa des Aigles.

Après avoir dissimulé leurs vélomoteurs au milieu des broussailles, ils longèrent le mur qui entourait la maison en prenant soin de ne pas se faire voir des automobilistes qui passaient sur la route, ni des gens de la guinguette située en contrebas. Très vite ils durent se rendre à l'évidence : l'escalade du mur hérissé de barbelés n'était possible qu'avec une échelle ou des cordes. Ils lancèrent alors des appels, firent aboyer Kafi avec fureur, mais ils eurent beau tendre l'oreille, ils ne reçurent aucune réponse, même lointaine, d'un éventuel prisonnier.

« C'est une vraie forteresse ! » soupira Mady.

Par tante Héloïse, Mady avait appris que cette villa appartenait à un certain M. Zéphirys, un gros homme d'affaires marseillais, spécialisé dans l'import-export. Il n'y venait que pendant les mois d'été, et seulement le week-end.

Il faut dire que le cadre n'avait rien de très accueillant. Ce vallon sauvage, aux flancs rocailleux, parsemés de broussailles et de genévriers, coupés d'une ou deux routes, était pratiquement désert. En effet toutes les habitations se trouvaient un peu plus à l'ouest, dans les bois de Carry-le-Rouet, vers Sausset-les-Pins, le cap Couronne, etc. S'approchant de l'extrémité supérieure du mur d'enceinte, proche de la crête de la chaîne de l'Estaque, les compagnons se trouvèrent au pied d'une ancienne tour de guet, wisigothe ou sarrasine, on ne savait trop. Ils escaladèrent ses flancs disjoints, formés d'énormes blocs, et purent plonger du regard dans le « jardin » de la villa des Aigles. Ainsi ils constatèrent que les bâtisseurs de la tour ne manquaient ni de goût, ni de jugement.

De là, en effet, on jouissait d'un immense panorama sur la déchirure profonde du vallon, coupé à sa base par la route et le viaduc du chemin de fer et la route, puis sur la plage de Carry, les dentelures de rivage et les profondes calanques où l'on distinguait les taches claires des bateaux de plaisance et des barques.

« Beau poste d'observation ! fit remarquer Bistèque. De là, on peut surveiller tout le secteur... »

Dans un jardin où quelques arbres poussaient péniblement autour d'un essai de maigre pelouse, ils voyaient la maison, carrée, aux étroites fenêtres du côté nord, tandis que le flanc sud-ouest, plus avenant, s'ornait d'une grande véranda.

Debout sur la tour, Tidou, le Tondu et Bistèque contemplèrent longuement cette vue. Le vent incessant, qui ravageait la crête sauvage, les faisait vaciller. De nouveau, ils lancèrent quelques appels, mais le vent les dispersa dans le ciel immense.

« On reviendra ce soir ou demain ! déclara le Tondu. Il faut entrer là-dedans...

– Il faut surtout coincer Taras ! répliqua Tidou. Tout ce mystère passe par lui... »

Ils essayèrent encore plusieurs fois d'escalader le mur, lancèrent de nouveaux appels, firent de nouveau aboyer Kafi, mais durent bientôt s'avouer vaincus.

***

A leur retour, vers six heures, ils eurent la surprise de trouver Taras en train de travailler le potager de tante Héloïse. L'homme leur jeta un rapide coup d'œil, ne répondit même pas à leur « bonsoir », comme s'il ne les avait jamais vus, continua à bêcher avec acharnement. Son blouson de cuir était accroché au tuteur d'un petit arbre.

Le Tondu louchait littéralement dessus.

« Quand je pense qu'il a les clefs dans sa poche ! murmura-t-il. On les lui fauche ?

– Et si la Guille n'est pas enfermé là-bas, hein ? répliqua Tidou. La belle avance ! Il nous cassera peut-être la figure, et on lui aura donné l'éveil.

– Mais il faut faire quelque chose ! intervint Mady.

On ne peut pas rester tranquillement là à le regarder, à attendre...

– Je risque le coup... Détournez son attention, et je lui pique les clefs, gronda le Tondu.

– Pas question ! » riposta Tidou.

Alors que le Tondu allait tenter de mettre a exécution sa décision, que ses amis jugeait dangereuse et absurde, l'oncle Hector surgit dans le jardin.

« Eh bien, bandit ! lança-t-il jovialement à Taras. Le travail de la terre, rien de tel pour faire transpirer l'alcool ! On rachète sa faute par le retour à la glèbe ? »

Taras ne dut pas comprendre la haute portée philosophique de ces réflexions, ou du moins le laissèrent-elles indifférent, car il se contenta de répondre par un grognement et planta sa bêche avec un redoublement de vigueur.

Mécontent de cet accueil, l'oncle Hector reprit d'une voix menaçante :

« Et tu me feras le plaisir d'aller t'excuser au *Pénélope* ! Et de payer les verres que tu as cassés... Compris ? Faut être convenable, dans la vie !

– Ouah ! fit Taras. Ce soir... »

Il lança un regard méfiant à Kafi qui, sans mauvaises intentions, s'était approché de lui, puis il se remit au travail.

***

Après le dîner, Bistèque et Tidou surveillaient la maison voisine, quand ils virent Taras sortir du jardin à vélomoteur, et s'engager sur la route qui mène à Martigues. Sans doute allait-il présenter ses excuses au patron du bar Pénélope, obéissant en cela aux injonctions de son ami et protecteur. Aussitôt les deux garçons donnèrent l'alerte, enfourchèrent leurs vélomoteurs puis démarrèrent suivis par Kafi. Derrière eux, trois autres vélomoteurs prirent la route : ceux de Mady, du Tondu et de Gnafron.

La petite caravane pétaradante suivait Taras de très loin. Il était en effet inutile de se faire repérer, puisque l'on savait quel était le but de sa sortie. Taras roulait assez lentement, sans zigzaguer, bien à droite dans les virages. Sur la route peu fréquentée à cette heure, les poursuivants étaient assurés de ne pas le perdre de vue.

De nouveau, ils remontèrent la pente, émergèrent des bois de pins, se heurtèrent au vent qui sifflait toujours sur les étendues sauvages et ravinées proches de la crête. Puis ils redescendirent vers le ruban de l'autoroute que traçaient les phares d'auto.

Lorsqu'il approcha des premières maisons, après avoir franchi l'autoroute, Tidou amorça une descente plus rapide, afin de se rapprocher de Taras. Il roulait de front avec Bistèque, Kafi galopant toujours à leurs côtés.

Soudain à l'entrée du faubourg, une auto surgit silencieusement derrière eux, lança un appel de phare et un bref coup d'avertisseur pour obtenir la voie libre, et les dépassa à toute vitesse. C'était une ID noire, étincelante.

« Pressé, çui-là ! Pourrait pas attendre ? » glapit Bistèque, surpris par ce brutal dépassement amorcé au dernier moment. Mais lui-même était aussi dans son tort, puisqu'il roulait de front avec Tidou. « Bande de chauffards ! Assassins ! »

Taras heurta le pare-chocs arrière, culbuta... →

L'auto, qui filait devant eux, dut ralentir à un carrefour. Machinalement les deux garçons accélérèrent, mais très vite la voiture reprit son avance. Ils la retrouvèrent alors qu'elle allait déboucher sur le quai Alsace-Lorraine. Elle était maintenant à la hauteur de Taras...

« Oh ! regarde ! » cria Tidou.

L'auto noire venait de faire une brutale queue de poisson à Taras. Dans un grand crissement de freins, elle stoppa. Taras heurta le pare-chocs arrière, culbuta, et comme il se relevait en glapissant, les portières s'ouvrirent, deux hommes en jaillirent et se ruèrent sur le motard.

Tidou et Bistèque étaient tout proches. En entendant les cris, Kafi, sentant qu'il se passait quelque chose d'anormal, se mit à aboyer...

Les deux hommes – des gaillards robustes autant qu'on pouvait le voir à la lueur d'un lampadaire lointain – encadraient Taras. Ils le jetèrent à terre, bien qu'il se débattît comme un beau diable, mais ils avaient l'avantage de la surprise. Puis ils cognèrent comme des sourds, poings et pieds étant entrés en action.

« Hou-là ! Hou-là ! » criait Taras, en frappant dans le vide, tout en essayant de se relever.

Il fut rejeté à terre. Les voix des agresseurs accompagnaient la sévère correction.

« Ça t'apprendra à fermer ta grande gueule ! Tu la boucleras si tu veux pas qu'on te règle ton compte !

– Tiens ! Attrape ! Si tu recommences à te saouler... »

Un coup de talon arracha au malheureux Taras un hurlement de douleur.

« C'est un avertissement sans frais ! Tiens ! Si tu veux chanter, chante !...

– Hou-là !

– Kafi, attaque ! » ordonna Tidou.

Le garçon fit vrombir le moteur de son vélomoteur. L'engin bondit en avant. Bistèque l'imita en hurlant : « Arrêtez », mais l'intervention décisive fut celle de Kafi.

Se ruant sur les deux hommes, et négligeant la courte matraque que brandissait l'un d'eux, le vaillant Kafi s'en prit à leurs mollets et à leurs fonds de pantalons.

« Sale clebs ! » hurla un truand.

Sa matraque tournoya, atteignit Kafi sur les reins. Le chien poussa un sourd gémissement, se cabra à demi, tourna deux ou trois fois sur lui-même, comme pour se ressaisir, puis revint à l'attaque. Mais déjà les deux hommes réintégraient l'intérieur de l'auto. Selon une vieille habitude dont Tidou n'avait jamais pu le débarrasser, Kafi mordit les pneus arrière – sans résultat d'ailleurs – et l'ID démarra en trombe, crachant une bouffée de fumée qui se mêla à la poussière.

« Hou-là ! Hou-là ! » geignait Taras.

Kafi l'observait. Derrière Tidou et Bistèque, Mady, Gnafron et le Tondu venaient d'arriver pour assister silencieusement à la fin du spectacle.

« Suis Taras ! lança Tidou au Tondu. Bistèque et moi, on file derrière l'auto... »

Bistèque et lui s'éloignèrent dans une vigoureuse pétarade, débouchèrent sur le quai, prirent à droite, disparurent.

Taras se redressa en geignant, il poussa quelques grondements de rage, lança un « hou-là » en portant une main à ses reins, puis il entreprit de redresser son vélomoteur. Kafi haletait, à deux mètres de lui, mais

Mady le rappela et il se renfonça dans l'ombre. Taras le vit-il ? Les vit-il ? Ou son esprit embrumé par les coups ne lui permit-il pas de bien comprendre les détails de cette intervention qui lui avait sans doute épargné quelques côtes et de nombreux bleus ? Toujours est-il qu'il enfourcha son vélomoteur, appuya plusieurs fois de suite sur la pédale, le remit en route, puis s'éloigna en zigzaguant.

A quelques centaines de mètres de là, Tidou et Bistèque venaient de repérer l'auto noire. Elle était garée sur le quai du Nord, non loin du bar Pénélope – et les deux « cogneurs », besogne accomplie, se rafraîchissaient à l'intérieur.

Tidou et Bistèque les observèrent pendant un moment. N'osant entrer dans le bar à cette heure tardive, ils restèrent derrière la maigre haie de fusains qui bordait un côté de la terrasse du Pénélope.

« Ce sont les mêmes que hier soir, dit Tidou. Je les reconnais... Biens sapés, chemise blanche, nœud papillon, chapeau... »

A cet instant, une auto de la police vint s'arrêter le long du trottoir. Trois hommes en descendirent parmi lesquels Tidou identifia le commissaire.

« Attention ! chuchota-t-il. S'il me trouve ici, le commissaire va piquer sa crise. Il ne peut pas blairer les détectives privés... Il me l'a dit. »

Mais heureusement, les trois policiers pénétraient dans le bar sans les remarquer.

« Contrôle de police ! cria le commissaire d'une voix joviale. Allez ! vos papiers, siou-plaît... Vous... Toi-là-bas... C'est bon... »

Aidé de ses deux adjoints, il examina les papiers de

quelques consommateurs dont la tête ne lui revenait pas, puis, flanquant soudain les poings aux hanches, il s'approcha des deux « cogneurs » toujours tranquillement accoudés au bar, et qui ne paraissaient nullement émus par cette intervention.

« Tiens ! tiens ! claironna-t-il. Que vois-je !... Nos amis marseillais ! Ces sympathiques malfrats prépareraient-ils un coup par ici ?

– Bonsoir, commissaire ! fit l'un des deux hommes, d'un air faussement servile.

– Vos papiers, réclama l'un des inspecteurs.

– Inutile, mon bon, fit le commissaire. Leurs papiers sont parfaitement en règle. J'en suis sûr... Mais je suis curieux de savoir ce qu'ils font ici ?

– On est en vacances, mossieu le commissaire, répondit l'autre interpellé. On a tant travaillé à l'usine, ces derniers temps, vous comprenez...

– On les embarque ? proposa un inspecteur.

– Quoi ? Embarquez ces deux fleurons de la pègre, MM. Victor et Toni, mais il faudrait les relâcher sur l'heure, mon cher ! Moralité impeccable, Sécurité sociale... Aucune plainte contre eux, à part quelques petites bagarres obscures et règlements de comptes sans conséquences, puisque personne ne vient se plaindre...

– Vous nous diffamez, mossieu le commissaire, fit le premier truand avec un sourire qui découvrit plusieurs dents en or. Mais on ne vous en veut pas... Cigarette ? »

Il tendit son paquet à l'inspecteur. Au lieu d'y puiser, celui-ci s'empara du paquet, l'examina sous toutes ses faces, le renifla.

« Vous pouvez y aller, assura l'homme. C'est pas de la contrebande ! »

L'inspecteur lui lança son paquet à la figure, puis fit demi-tour en haussant les épaules.

Sans attendre que les policiers quittent le bar, le Tondu et Bistèque sautèrent sur leurs vélomoteurs et prirent le chemin du retour.

CHAPITRE X

LE CAPTIF

DISSIMULÉS dans les rochers et les broussailles qu'agitait le vent, les quatre garçons et Mady observaient la villa des Aigles qui sous la lumière crue du matin ressemblait davantage à une prison qu'à une résidence d'été. Non que la villa elle-même eût triste allure : telle qu'ils avaient pu la voir depuis la tour de guet, c'était une jolie construction au toit de tuiles rouges, avec une véranda côté sud, et d'étroites fenêtres garnies de barreaux côté nord. Peut-être était-ce indispensable et prudent en raison de l'isolement de ce vallon sauvage, de l'avoir entourée de ces murs couverts de barbelés.

« Pas joli tout de même ! Et pourquoi venir bâtir dans un coin pareil ? remarqua pour la seconde fois Mady.

– Bah ! le propriétaire est sans doute un amateur de solitude... Ça le repose du vacarme de la Canebière ! » répliqua le Tondu.

Ici, en effet, le seul bruit était celui du vent, incessant, qui dévalait dans cette gorge vers la mer, et le ronflement des autos qui de temps à autre filaient sur la route en pente. De la guinguette, au-dessous de la route, on ne percevait aucun bruit, aucun signe de vie...

Ce matin-là, les Compagnons et Mady, flanqués de Kafi, étaient bien décidés cette fois à pénétrer dans la villa. Ils s'étaient en conséquence munis de cordes et de crochets, fournis par la tante Héloïse.

Tous les Compagnons étaient dans un état d'énervement proche de l'exaspération. A plusieurs reprises, ils avaient cru percer le mystère qui entourait la disparition de leur camarade : ces étranges lettres, Taras dont ils ne savaient trop que penser, cette maison voisine et son garage qui ressemblait plutôt à un entrepôt clandestin, enfin toutes ces mésaventures qui survenaient à Taras... Oui, tout cela était bien mystérieux ! Aucune réponse ne semblait satisfaisante. Alors ils allaient risquer le tout pour le tout.

« C'est sans doute dangereux de pénétrer dans la villa, avait déclaré le Tondu, au cours du conseil de guerre qui avait précédé l'expédition. Nous risquons d'y trouver des gens... peut-être pas très accueillants.

– ... Ou des pièges à loup ! avait ajouté le petit Gnafron avec un large sourire.

– Ne plaisante pas. Il y a des maisons piégées... avait

répliqué le Tondu. C'est un risque également. Puis Taras peut y venir à l'improviste.

– On lui saute dessus ! s'était écriée Mady. Avec Kafi, on l'aura ! »

En attendant son nom, Kafi, couché dans l'herbe, avait relevé la tête en dressant les oreilles.

« Enfin, puisque nous opérons en plein jour, était intervenu Bistèque, nous risquons d'être repérés par des passants... qui alerteront la police ! »

Ils décidèrent alors de se servir de leurs talkies-walkies à grande puissance, récemment acquis, et qu'ils avaient également utilisés dans leurs dernières expéditions. Une partie d'entre eux ferait le guet, depuis la tour, à l'angle du mur et près de la route, pour signaler autos ou importuns.

Le point choisi pour l'escalade était éloigné de la route, sur l'arrière du jardin. Le Tondu lança un grappin au bout d'une corde, l'accrocha sans difficultés dans les barbelés sur le mur. Puis, aidé par Tidou, il se hissa à mi-hauteur. Sa tête dépassa la crête du mur, il agrippa l'une des barres de soutènement des fils de fer.

« C'est désert, annonça-t-il. Personne en vue, ailleurs ? »

Il était debout sur les épaules de Tidou. Celui-ci actionna son talkie-walkie.

« Rien à signaler, Mady ? »

De la tour de guet sur laquelle elle s'était perchée, Mady répondit.

« Non, rien... Je ne vois que le soleil qui poudroie et l'herbe qui verdoie... Oh ! Zut ! Attention ! Une auto qui descend... »

Tidou attendit quelques instants. Quand le ronflement du moteur se fut éloigné, il appela : « Et toi, Bistèque ? Rien à signaler ? »

– Rien du côté de la guiguette. Ça manque d'animation !

– Ouvre l'œil. Terminé ! »

Il appela Gnafron.

– Rien à signaler ?

– Si, répondit Gnafron. Un gros chien qui vient tournicoter autour de moi... Il n'a pas l'air commode... »

Dans le talkie-walkie, Tidou entendait en effet des aboiements lointains.

« Va là-bas, Kafi ! ordonna Tidou en faisant un geste de la main pour indiquer le chemin à son chien. Va voir Gnafron ! »

Son mouvement faillit déséquilibrer le Tondu qui dut se raccrocher au support des barbelés. Kafi comprit, fila jusqu'à l'angle du mur et disparut. Quelques secondes plus tard, sa voix puissante monta dans l'air calme.

« Ça va, Gnafron ? cria Tidou.

– Ils se battent... Ils vont réveiller tout le quartier !

– Tant pis ! » gronda le Tondu, qui en avait assez de sa position à demi suspendue. Il se hissa le plus haut possible, plaça un genou sur le faîte du mur, et, sans avertissement, lança un vigoureux appel « Hou-hou » vers la villa.

« Rien à signaler, Mady ? » cria de nouveau Tidou dans son talkie-walkie. Et, se mêlant à la réponse de Mady : « Je ne vois que le soleil qui poudroie et l'herbe qui verdoie... », il eut la stupeur d'entendre une autre voix :

« Ah ! c'est vous, les Compagnons ! Pas trop tôt ! »

C'était la voix de la Guille !

TROISIÈME PARTIE

CHAPITRE XI

PAS TROP TÔT !

INSTALLÉ comme un pacha dans une petite pièce au rez-de-chaussée de la villa des Aigles, avec divan moelleux, transistor, jeu de cartes et petite bibliothèque, la Guille s'ennuyait ferme. Et, chose très désagréable, à son ennui s'ajoutait maintenant un sentiment d'angoisse grandissante.

Malgré son naturel léger, son insouciance, sa façon de tout prendre comme un jeu, la Guille commençait à se reprocher de s'être étourdiment lancé dans cette aventure, uniquement par désir de faire quelques découvertes et d'étonner ses camarades !

Et les Compagnons n'arrivaient toujours pas. Avaient-ils su interpréter son message ?

La veille, c'est-à-dire dans l'après-midi de son troisième jour de captivité, il avait eu un moment d'espoir. Pendant un moment, il avait cru entendre des voix juvéniles, des appels, des aboiements. Par l'étroite fenêtre qui donnait au nord, entre les épais barreaux, il avait crié deux ou trois fois, puis soudain s'était tu, angoissé, en songeant que ce n'étaient peut-être pas ses amis... Et que ce chien n'était peut-être pas Kafi, mais celui qui, souvent le soir, rôdait aux alentours et hurlait à la lune.

Il avait alors sauté sur son talkie-walkie, appuyé sur le bouton-émetteur et lancé des appels désespérés... Sans réponse !

Puis il s'était apaisé. La confiance était revenue. De nouveau, sa propre mésaventure lui inspirait plus de curiosité que de crainte.

« Avec moi, pas d'danger, avait dit son geôlier la veille, en lui apportant à manger, et en abondance. Moi boun homme ! Mais si les autres y sauraient. Oh ! aïe pour ta peau ! Personne doit savoir !

– Mais quand me relâcherez-vous ? avait demandé la Guille.

– Quand tout fini ! Toi, tu pars et tu dis à personne, Hein ? Promesse ! Les autres très méssants... »

La Guille n'avait pas peur de son ravisseur. L'homme paraissait traqué. Le soir où il était venu, encore à moitié ivre, il avait tenu des propos incohérents – à la fois menaces et promesses –, il avait eu une sorte de crise de larmes, puis son moral avait semblé remonter d'un seul coup...

« Ze serai rich-ch ! Bientôt ! Beaucoup d'arzent... Mais... »

Bref, la Guille le sentait coincé et dramatiquement torturé par une affaire que lui-même entrevoyait à peine.

La veille, en remarquant le visage marqué de coups de l'homme, qui était venu très tard, la Guille s'était douté que les choses tournaient mal.

« Que vous est-il arrivé ? » avait-il demandé.

Mais l'autre n'avait pas répondu. Il avait déposé la nourriture sur la table, en lançant un regard noir au garçon puis il avait grommelé :

« Dans deux zours, ze te laisse... Reste tranquille...

– Mes copains sont-ils arrivés ? »

Pas de réponse. L'homme était reparti en traînant la patte. Les clefs avaient tourné dans les serrures. Le silence nocturne avait de nouveau envahi la maison, troublé seulement de temps à autre par une auto sur la route ou les lointains aboiements d'un chien, dans lesquels il croyait chaque fois reconnaître Kafi...

⁂

Ce matin-là, dégoûté des livres, du transistor, des réussites, la Guille eut une idée qui le remit de bonne humeur : il allait écrire ses mémoires !

Doué pour l'écriture comme pour beaucoup d'autres choses, la Guille avait plusieurs fois composé de petits récits. Mais cette fois, il entendait donner le compte rendu exact de son aventure.

«*Cette affaire a commencé de la façon la plus sim-*

ple, écrivit-il sur une grande feuille de papier. *Au troisième soir de mon séjour, fatigué par une longue balade jusqu'à Fos-sur-Mer, j'étais remonté vers onze heures dans ma chambre. Il faisait lourd, j'ai ouvert la fenêtre qui donne sur le jardin voisin, et je me suis étendu sur mon lit... Je n'avais même pas allumé ma lampe...*

« Tout à coup, j'ai senti une odeur de cigarette. Une odeur de blonde, genre américaine, rien de commun avec l'âcre odeur des Gauloises... Mais d'où venait cette odeur ? Pas du rez-de-chaussée, car mon oncle ne fume pas...

« L'odeur montait du jardin, de ce petit pavillon où habite le nommé Taras, que j'ai plusieurs fois vu chez mon oncle, soit venant prendre l'apéritif avec lui, soit travaillant au potager. Tante Héloïse m'a même dit qu'il avait les clefs de la maison...

« Je me suis approché de la fenêtre. Aucune lumière dans le pavillon, et, dans la pénombre, il m'a semblé que les fenêtres étaient fermées... Le fumeur était donc dans le jardin. Je ne le voyais pas, il se tenait probablement près du mur... mais dans un rayon de lune qui passait soudain entre les branches, j'ai vu monter la fumée... Puis j'ai entendu des voix... Plusieurs voix d'hommes. Ils parlaient doucement, mais dans l'air calme, j'ai entendu le nom « Pénélope ».

« Cela m'a surpris car tante Héloïse m'avait dit que ce Taras habitait seul dans ce petit pavillon dont il avait la garde, et qu'il ne recevait jamais personne... Un vrai sauvage... Mais j'ai compris que même s'il recevait des gens, personne n'en savait rien : toutes les fenêtres de la villa de mon oncle donnent sur la rue ou à l'est.

Seule, celle de ma chambre donne sur le jardin voisin.

« Les voix se sont éloignées, en même temps que l'odeur de cigarette blonde. Des lumières ont dansé devant le garage tout au fond. On a ouvert la porte. Je m'attendais à ce qu'une auto en sorte. Mais rien. Et voilà que quelques minutes plus tard, une auto – au bruit du moteur c'était plutôt une camionnette – s'est arrêtée sur la route du dessus, qui passe au ras du toit. Puis j'ai vu des lumières sur la route, et la curiosité a alors été la plus forte...

« Ça n'a pas été difficile de passer par la fenêtre. L'étage n'est pas très haut. Suspendu par les mains, je me suis laissé tomber dans l'herbe et j'ai filé jusqu'au fond du jardin. J'ai escaladé le petit mur, et, caché dans les feuillages, j'ai vu que la lucarne du garage était ouverte. Et que, par là, deux hommes déchargeaient des paquets de la camionnette...

« Cela a été vite fait. La camionnette est repartie, la lucarne s'est refermée. »

Une fois arrivé là, la Guille fit une pause, fatigué d'avoir tant écrit d'un seul jet. Avec un certain contentement de soi, il relut quelques lignes de sa prose, puis, vaillamment, reprit la plume.

« Le lendemain matin, continua-t-il, *j'ai décidé d'explorer les lieux. Pour avoir un prétexte, si jamais je me faisais surprendre, j'ai joué un moment avec le ballon de foot que l'oncle avait récupéré je ne sais trop où, puis, d'un bon coup de pied, je l'ai expédié dans le jardin voisin.*

« Perché sur le petit mur, j'ai appelé... Pas de réponse. Alors j'ai sauté dans le jardin et suis allé vers le garage. Bouclé ! Dans les romans policiers, les détectives ouvrent les portes avec un trombone ou une carte plastifiée : moi, je n'y suis jamais parvenu. J'ai donc pensé au toit, je suis monté dessus et j'ai soulevé le panneau vitré... La barre n'était pas rentrée dans son cran ! J'ai rabattu la lucarne et je me suis laissé descendre sur le toit de l'auto...

« J'ai sauté à terre et je suis allé examiner le tas de paquets dans un coin du garage... C'étaient des cartouches de cigarettes ! J'étais tombé sur un dépôt de contrebande ! J'ai soulevé quelques paquets, puis, sur la droite de ce tas bien ordonné, j'ai remarqué des caisses longues et assez étroites, cerclées de métal... J'en *ai empoigné une, mais elle était lourde... Pas des cigarettes, à coup sûr... Alors quoi ?*

« Les cigarettes, ça ne me paraissait pas grave. De toute façon, je ne serais jamais aller dénoncer des contrebandiers... Mais ces caisses bizarres, mêlées au reste... J'ai eu comme une sueur froide sur le visage... Que contenaient ces caisses ? Du coup, je me suis souvenu de toutes mes lectures : romans d'aventures ou d'espionnage... De l'or, des armes ? Des explosifs ?

« Tout à coup, j'ai eu peur, j'ai tout remis en place, je suis remonté sur le toit de l'auto et j'ai tenté de me hisser dehors ! Oh ! comme c'était dur ! Je ne suis pas de première force pour les rétablissements et le panneau ouvert en diagonale me gênait... Enfin, j'ai pu sortir, j'ai refermé le panneau et j'ai regagné par le petit mur le jardin de ma villa... C'est alors que j'ai expédié ma seconde lettre aux Compagnons, en leur demandant de venir... »

La Guille fit une nouvelle pause. Il commençait à se lasser, en même temps que des idées démoralisantes l'assaillaient. Y aurait-il quelqu'un pour lire ces lignes ? Puis, une fois de plus son naturel insouciant et audacieux reprit le dessus. Sans plus songer qu'il était prisonnier depuis trois jours, il se passionna de nouveau pour son aventure.

Oui, oui, il tenait le bon bout d'une affaire ! Et même, s'il était pour l'instant captif, il savait qu'il allait bientôt jouer un rôle décisif, pouvu que...

« ... En attendant votre arrivée, écrivit-il, *j'ai surveillé étroitement Taras. Dans la soirée du lendemain, comme je n'avais aucun signe de vie de votre part,*

j'ai téléphoné chez Bistèque. J'ai eu son père au bout du fil, et il m'a répondu qu'il transmettrait mon message.

« L'après-midi, j'ai de nouveau exploré le jardin et le garage. Le soir, j'ai suivi Taras à vélomoteur quand il se rendit à Martigues. Je l'ai observé au bar Pénélope où il parlait avec des gars aux airs peu catholiques. Plus tard, ils sont allés ensemble jusqu'à un bateau, un petit cabin-cruiser, amarré dans le port de plaisance sur l'étang. Comme il y avait pas mal de jeunes dehors, il ne m'a pas remarqué... Et le bateau s'appelait aussi le Pénélope *!...*

« Le lendemain matin, je suis retourné à son garage. J'ai ouvert le vasistas, je me suis suspendu et j'ai voulu prendre pied sur l'auto. Mais elle avait changé de place, j'ai glissé et me suis ramassé par terre... Il y avait d'autres caisses de cigarettes. Et toujours les caissettes longues, cerclées de métal... Puis en tâtant le capot de l'auto, j'ai senti qu'il était encore tiède... Taras avait dû s'en servir très tôt le matin.

« Tout à coup, j'ai entendu des pas... j'ai eu juste le temps de me glisser sous l'auto. La porte du garage s'est ouverte, j'ai vu deux paires de pieds : les uns avec des baskets et des jeans, ceux de Taras; les autres avec des chaussures noires et des pantalons à pli.

« – Alors, c'est bien compris ? dit une voix. Pas « compliqué... jeudi soir, à dix heures, tu déposes les « caisses dans la cale du Pénélope*... Tu as les clefs...*

« – Mais qu'est-ce qu'il y a dedans ?

« – T'occupe ! Et n'y regarde pas. Et si tu flanches, « tu sais ce qui t'attend. Si tout va bien, on fera venir « ta femme, tu auras les papiers et l'argent...

« – Ma... ma... balbutiait Taras. Si les autres y « savent...

« – Eh bien, ils te descendront, mon vieux. Alors, « arrange-toi pour qu'ils ne te soupçonnent pas... Les « petites crapules du bar Pénélope, avec leurs minables « trafics, n'auront jamais l'idée que tu es dans ce « coup... Compris ? »

J'ai entendu Taras grogner. Il piétinait doucement sur place, comme s'il dansait.

« – Ensuite, a dit l'inconnu, on te donnera rendez-« vous à Marseille pour te remettre une petite valise, à « ajouter au reste. Puis tu auras nos dernières instruc-« tions par téléphone. Je t'appellerai à la villa des « Aigles. Tu y es tous les soirs ?

« – Oui, tous les soirs... Mais...

« – Pose pas de questions ! Les caisses sont là ? »

Ils ont contourné l'auto.

« – Ne t'amuse pas à trop les chahuter, a dit encore « l'homme, c'est fragile...

« – ... Et ça... ça... explose ? » a demandé Taras d'une voix rauque.

« – Oui, des fois. Mais pas de questions ! Je te télé-« phone là-bas, pour ces caisses, puis jeudi soir, pour « tout mettre au point...

« – Si les autres y savent, y mé touent ! gémit Taras.

« – Raison de plus pour bien te débrouiller... C'est « ta peau qui est en jeu, des deux côtés... Les autres « t'ont fait assez de misères, pas vrai ? Tu peux bien les « lâcher ! »

« Puis ils sont ressortis. Au bout d'un moment, je me suis extirpé de sous l'auto, j'ai grimpé dessus, j'ai attrapé le rebord de la lucarne... Et tout à coup, j'ai *pensé qu'elle était restée ouverte. Si Taras avait levé la tête ! S'il l'avait remarqué !...*

« La clef a tourné dans la serrure. La porte du garage s'est ouverte. Taras est apparu, un couteau à la main... »

⁂

La plume de la Guille resta en suspens. Il était lassé d'écrire, et en même temps oppressé au souvenir de cet instant dramatique. Tout à coup, dans le silence profond, que troublait seulement le bruit du vent dans les arbres, il entendit de nouveau des aboiements de chien, et un lointain « Hou-hou ! » qui semblait tomber du ciel.

Cette fois, il n'hésita pas, il se précipita sur sa valise entrouverte, en retira son talkie-walkie, appuya sur le bouton réception.

Il entendit le «Rien à signaler, Mady ? » de Tidou.

Puis le début de la réponse de Mady: « Non, je ne vois que le soleil qui... »

Alors, il appuya sur le bouton-émetteur et cria :

« Ah ! C'est vous les Compagnons ! Pas trop tôt ! »

CHAPITRE XII

UN ÉTRANGE PRISONNIER

« BRAVO ! répliqua Tidou. Nous pensions bien que tu étais là... On va te délivrer en vitesse... Tu es en bonne santé ? Terminé.

– Plutôt, déclara la Guille. En pleine forme... J'écris même mes Mémoires ! Terminé.

– Tu plaisantes. On appelle la police. »

Tidou resta quelques secondes silencieux, leva les yeux vers le Tondu. Celui-ci se tapota le front.

« Tu es fou ! reprit Tidou. Quoi ? Ça ne presse pas ? Tu es en danger !

– Pas ici. Taras ne me fera pas de mal... Mais si

tu alertes tout de suite la police, Taras sera coincé, ou tué par ses complices, et ceux-là, on ne les aura pas !

– Je n'y comprends rien ! gémit Tidou.

– Il agit sous la contrainte... Il est menacé de mort par les autres...

– Mais les autres te menacent aussi ! cria Tidou

– Ils ne savent pas que je suis là... *Ils ne savent même pas que j'existe !* »

La voix de Mady leur parvint soudain. En tournant la tête, Tidou entrevit sa petite silhouette au sommet de la vieille tour sarrasine.

« Bravo, la Guille ! intervint-elle. Si tu n'es pas pressé, raconte. Puis dis-nous ce qu'il faut faire.

– Je suis tout de même pressé de sortir, répliqua la Guille en riant. Mais en cachette... ce sera le seul moyen de faire échouer le coup de ces bandits.

– Quel coup ? Raconte ! »

– Je résume ! »

Et rapidement, avec beaucoup moins de détails que dans ses *Mémoires,* la Guille raconta son aventure.

Puis, après avoir parlé cinq bonnes minutes, il s'arrêta, souffla.

« Heureusement que tu as eu l'idée d'emporter ton talkie-walkie pour tes vacances chez ton oncle, fit observer Tidou. Vite ! Achève ton histoire ! »

Et la Guille, ayant repris son souffle, raconta, avec un rien de gloriole :

« J'ai cru ma dernière heure venue ! J'étais accroché au cadre du vasistas, et Taras était là, couteau à la main... »

Plus tard, la Guille devait évoquer cette scène de

façon à la fois dramatique et pittoresque, en l'enjolivant même un peu...

« Tu vas descendre ! avait dit Taras. Et pas dé bruit... Tu es'spion ?

– Mais non, je me promenais... j'ai vu le vasistas ouvert, j'ai été curieux.

– Mensonch ! Tu es'spion !

– Je jouais... J'avais fait passer mon ballon dans votre jardin... »

Taras paraissait à la fois redoutable et terrifié. Comme si la découverte de ce « 'spion » était aussi tragique pour lui que pour le jeune garçon.

« Si les autres té voient, ils té touent ! gronda-t-il. Tou as tout entendu ?

– Moi ? J'ai rien compris ! protesta la Guille. Moi, je m'occupe pas de vos cigarettes. Je ne dirai rien. Juré !...

– Descends, je te dis ! »

Taras s'était approché. Il levait la main pour attraper la Guille par la cheville lorsque le garçon fit un effort désespéré, se hissa d'un coup vers la lucarne, effectua un rétablissement en s'abîmant les coudes au cadre du vasistas, passa sur le toit de tôle ondulée.

« Si tu parles on te touera ! » cria Taras, qui avait bondi trop tard pour lui saisir les pieds.

En sécurité sur le toit, la Guille avait cru pouvoir se permette de narguer son adversaire. Il se pencha sur l'ouverture, vit dans la pénombre le gros visage furieux, levé vers lui.

« J'ai des copains qui vont arriver ce soir ou demain ! cria-t-il. Je leur ai déjà écrit ce que j'avais vu... Alors, tenez-vous tranquille ! »

Et la Guille fila. En trois enjambées, il fut sur le petit

mur, sauta dans le jardin, courut vers la maison. Il haletait, son front était couvert de transpiration. C'est maintenant qu'il commençait à sentir la peur, à trembler. Il s'engouffra dans la maison, comptant y trouver abri auprès de tante Héloïse. A coup sûr, Taras n'oserait l'y suivre...

Héloïse n'était pas là. Hector non plus. La Guille se souvint alors avec terreur qu'ils étaient partis peu auparavant pour le marché de Martigues. Il se jeta sur l'appareil téléphonique, et composa un numéro, celui de Bistèque.

***

« Alors, je vous ai demandé de venir tout de suite ! raconta-t-il. Vite ! Vite ! Je ne sais plus trop ce dont j'ai parlé... Mais j'ai dit que j'avais été repéré dans une affaire louche... Et j'ai été soulagé d'apprendre que Tidou et le Tondu arrivaient... »

Il fit une pause. Le Tondu avait des crampes dans les jambes à se tenir à moitié accroché au faîte du mur. Tidou lui prêta de nouveau son épaule pour reposer un pied. Bistèque, lui aussi, suivait le récit avec son talkie-walkie. Gnafron approchait, oubliant qu'il devait monter la garde.

« Tout à coup, la porte s'est ouverte, reprit la Guille. Taras est entré dans la pièce. « Laisse ça ! il a dit. Pas « de bêtises... » En deux pas, il a été sur moi, a coupé le contact... Ouf ! J'ai la pépie... A vous ! Qu'avez-vous découvert en fouinant ? »

Très rapidement, Tidou le mit au courant de leurs rapports avec Taras, de la scène d'ivresse, de l'exploration du garage, de l'agression dont Taras avait été victime, du bar Pénélope...

« Mais continue, toi ! dit-il ensuite. Comment t'a-t-il kidnappé ?

– Eh bien, je lui ai dit : « Mes amis arrivent ce soir, « ils savent que j'ai découvert quelque chose...

« – Ce soir, tu seras parti ! a dit Taras, qui n'est pas « aussi bête qu'il en a l'air. Cé soir, tu auras « disparou ! »

– Et il t'a fait écrire ces lettres ! cria Mady. Pourquoi as-tu accepté ?

– Hé ! toi ! s'exclama la Guille. J'aurais aimé t'y voir !... C'est un costaud, et il n'a pas l'air commode... Il jouait avec son couteau. Et puis il m'a expliqué qu'il ne me ferait pas de mal si j'obéissais... Sinon, il devait me signaler « aux autres », comme il dit, et ceux-là ne plaisantaient pas... J'ai donc eu l'idée de vous écrire cette lettre-énigme – me souvenant d'une conversation avec Bistèque – et j'étais sûr que vous trouveriez facilement la piste...

Depuis, je suis ici... C'est la maison d'un certain M. Zéphirys, un gros homme d'affaires import-export de Marseille.

– Tu l'as vu ?

– Non. Il ne vient jamais. Mais j'ai entendu des gens... Taras a téléphoné, dans la pièce voisine, plusieurs fois. On lui a donné rendez-vous cet après-midi à trois heures, sur le parking de Notre-Dame-de-la-Garde, à Marseille.

– On te délivre ? Où es-tu au juste ?

– Au rez-de-chaussée, côté nord, je crois. Mais c'est une vraie cellule. Porte épaisse, barreaux aux fenêtres...

– On va essayer... D'accord ?

– Non ! non ! Pas maintenant ! Suivez plutôt Taras. Et tâchez de venir ce soir, à la nuit... »

Un appel de Mady retentit soudain :

« Alerte ! On vous a repérés !

– On file ! cria Tidou, dans son talkie-walkie. Il y a du monde... A ce soir... »

Il sauta à terre, au moment où un homme surgissait là-bas à l'angle du mur. Un homme vêtu d'un blouson de cuir, portant casquette, bottes et tenant un fusil de chasse braqué sur eux. Il était accompagné d'un chien qui s'élança sur Kafi.

« Voulez-vous filer, petits voleurs ! hurla l'homme. Attention, je tire... ! »

Il fit mine d'épauler. Kafi et l'autre chien se battaient, mais déjà Kafi avait le dessus, et son adversaire ne tarda pas à filer, la queue entre les pattes.

Tidou et le Tondu rejoignirent Bistèque et Gnafron qui prenaient la fuite. A l'angle de la muraille, ils aperçurent une forte femme aux cheveux noirs flottants, les épaules enveloppées dans un châle bariolé. Le chien la rejoignit comme pour se réfugier auprès d'elle.

« Sales petits voleurs ! hurla-t-elle en tendant le poing vers eux. On vous a vus sur le mur... Attendez un peu... »

La retraite fut peu glorieuse. Les Compagnons se dispersèrent entre les rochers, alertèrent Mady qui voyait tout de sa tour, retrouvèrent leurs vélomoteurs dissimulés plus haut dans les broussailles, et ne se décidèrent à les enfourcher et à déboucher sur la route que lorsque l'homme, la femme et le chien furent redescendus en direction de *la guinguette à Germaine.*

CHAPITRE XIII

SOUS L'ŒIL DE LA « BONNE MÈRE »

UN QUI comprenait de moins en moins, et s'énervait de plus en plus, c'était l'oncle Hector !

Non seulement, le mystère persistait et s'épaississait autour de la disparition de son neveu, mais l'attitude et les activités de ses jeunes hôtes l'intriguaient, en même temps qu'elles l'exaspéraient.

« Toujours en balade ! grondait-il. Ils sortent, ils rentrent, ils disparaissent le soir et reviennent à on ne sait quelle heure de la nuit... Ma parole ! je sens qu'ils cherchent, qu'ils fouinent ! »

Son épouse lui avait rapporté les questions posées par Mady.

« Alors quoi ? s'exclama-t-il ce matin-là. Ils soupçonnent quelqu'un ? Ce pauvre Taras ? C'est tout juste s'il sait lire l'heure ! Mais s'ils le soupçonnent, qu'ils le disent alors ! »

Quand il apprit que les Compagnons étaient partis à vélomoteur, il ragea de nouveau.

« Mais qu'est-ce qu'ils fichent ? rugit-il. Ils me cachent quelque chose, c'est sûr ! Est-ce qu'ils n'auraient pas retrouvé ce sacripant de neveu, et qu'ils me le cachent maintenant ? Hein ? »

Dans la matinée, il téléphona à son ami, le commissaire de Martigues, et, au cours d'une conversation orageuse, lui reprocha de n'avoir rien fait pour découvrir les traces de son neveu.

« D'ailleurs, je ne crois plus à la fugue ! déclara-t-il. Il se cache dans un coin ! Cherche ! Fatigue-toi un peu ! »

Sa mauvaise humeur redoubla à midi, quand aucun des Compagnons n'apparut au déjeuner.

Et pour cause, ceux-ci roulaient vers Marseille. Après avoir traversé un petit tunnel, sous une crête de la chaîne, ils virent devant eux un immense panorama découvrant la rade de Marseille, son port, la ville elle-même, la mer d'un bleu d'acier, piquetée de quelques îles, à peine visibles dans l'immensité scintillante, sous une lumière attisée par un vent violent. Déjà dans le Val de l'Aigle, ils avaient senti le mistral, maintenant il semblait s'enfler de minute en minute.

La suite du trajet fut pénible, à cause du vent et de la route difficile qui, à partir de l'Estaque, était bordée d'entrepôts, de chantiers, de constructions plus ou moins désordonnées, où circulaient de nombreux poids lourds. Non sans mal, ils se faufilèrent, se perdirent à l'arrière du bassin de la Joliette, traversèrent le pittoresque quartier oriental – une vraie médina – s'égarèrent dans les sens interdits et débouchèrent enfin sur la célèbre Canebière.

L'heure avançait. Etourdis, crispés dans le flot de la circulation, ils n'eurent guère le loisir de visiter la grande ville. Ils descendirent sur le Vieux Port, où le mistral faisait claquer les toiles des cafés et osciller violemment les mâts des bateaux de plaisance, puis se perdirent de nouveau dans un dédale de rues. Enfin ils s'engagèrent à la queue leu-leu dans l'une de ces avenues en pente raide qui grimpent vers le sommet du piton sur lequel s'élève la fameuse basilique Notre-Dame-de-la-Garde, consacrée à la « Bonne Mère », comme on dit à Marseille. Là, le mistral soufflait en force. Ils laissèrent leurs vélomoteurs dans un parking relativement abrité, mais quand ils montèrent sur la terrasse, une violente bourrasque les projeta presque à terre.

Le rendez-vous de Taras avec son mystérieux interlocuteur était fixé pour trois heures, sur le parking. Il en était deux et demie.

« On visite ? » proposa le Tondu, le souffle à demi coupé par le vent.

Près des portes du sanctuaire, Tidou fit remarquer une grosse corde tendue en travers de la terrasse. Les compagnons crurent d'abord qu'elle était là pour interdire l'accès des toilettes dont la petite porte se détachait à l'autre bout, côté nord. Mais ils comprirent vite, et ne purent s'empêcher de rire quand ils virent trois religieuses risquer la traversée de la terrasse, jupes tourbillonnantes, cramponnées à la corde pour gagner l'autre extrémité.

Dans le sanctuaire lui-même, presque désert, ils jouirent d'un moment de calme, reprirent leur souffle, tout en examinant avec curiosité les innombrables ex-voto qui couvraient les murs. Dehors, le vent hurlait.

Sans s'attacher, ils redescendirent sur le parking inférieur, et prirent position au milieu de la quinzaine d'autos qui stationnaient.

« Bientôt trois heures, annonça Tidou. Toi, le Tondu, place-toi là-bas avec ton Polaroïd... Les autres sur ma droite. Et ouvrez l'œil... Veillez surtout à ce que Taras ne vous repère pas... En tout cas, pas avant qu'il ait vu celui qui lui a donné rendez-vous. »

Ils attendirent, frissonnant sous le vent froid.

Au bout de quelques minutes, une grosse BMW vert foncé déboucha sur le parking et se rangea à l'extrême gauche, tout contre la haute muraille. Personne n'en descendit. Intrigué, Tidou se glissa vers elle.

Le chauffeur, un grand gaillard à la mâchoire carrée, coiffé d'une casquette de cuir noir, restait rivé sur son siège. Visiblement, il attendait des ordres. Et tout au fond de la voiture, tassé sur la banquette, Tidou vit un gros homme au teint blafard, portant un feutre, et qui feuilletait un journal, tout en jetant fréquemment des coups d'œil vers le parking dont il avait une vue d'ensemble.

« Qu'est-ce qu'il fait là, ce gars ? murmura-t-il au Tondu qui s'était rapproché de lui. Il ne descend pas. Il attend. C'est sans doute lui qui...

– Qu'est-ce que tu dis ? » cria le Tondu, car la voix de son ami était à demi couverte par le hurlement du mistral.

Tidou répéta, plus fort.

« Qu'est-ce qu'il fait là ce gars ? » -

« C'est vrai, fit le Tondu. Je le photographie ?

– Oui, tout à l'heure... Mais discrètement, hein ? Et si possible aussi le numéro d'immatriculation de cette belle bagnole... C'est un gros personnage, pour sûr ! »

Puis Tidou changea de place. A peine avait-il pris position derrière une vieille Ford assez délabrée que Taras fit son apparition dans sa Peugeot noire. Il la gara de travers, attendit un moment en regardant de tous côtés, mit pied à terre, consulta sa montre...

Trois heures cinq...

L'homme de la BMW avait abaissé son journal. Le chauffeur ne bronchait pas. Tidou entrevit le Tondu qui élevait son appareil.

Une plus violente bourrasque fit osciller l'auto sur laquelle s'appuyait Tidou. Puis, silencieusement, une Lancia blanche déboucha sur le parking... Elle se rangea à quelques mètres de celle de Taras.

Tidou fit un signe de tête au Tondu. Celui-ci comprit, braqua son appareil sur le nouvel arrivant...

Le cœur de Tidou battait précipitamment. Il se passait quelque chose, l'instant était venu... Cet homme dans la BMW qui surveillait... cet autre homme qui, passant la tête par la vitre abaissée de la Lancia, grimaçait sous les coups de vent chargés de poussière, et fouillait du regard le parking... Taras, les mains aux poches, dos appuyé à sa vieille auto noire, comme pour se protéger des rafales...

Soudain, l'homme à la Lancia ouvrit la portière, se pencha par-dessus le dossier de son siège, cueillit une petite valise plate et bleue sur la banquette arrière, posa un pied à terre, repoussa la portière que le vent rabattait sur ses jambes, et se mit debout, valise à la main.

Il regarda encore autour de lui, puis, d'un pas nonchalant, se dirigea vers Taras, échangea quelques mots avec lui.

Tidou jeta un bref regard au Tondu qui photographiait, puis empochait les clichés sortant de l'appareil instantané.

Taras remonta dans son auto. L'homme prit place à côté de lui, alluma une cigarette après en avoir offert une à Taras. Un tableau paisible, qui n'avait rien d'inquiétant, deux amis s'abritant dans l'auto pour bavarder en fumant une cigarette...

Dans sa BMW, le gros homme à visage blanc avait de nouveau ouvert son journal comme pour dissimuler son visage. Mais Tidou, avec sa vue perçante, crut remarquer qu'il regardait fréquemment par-dessus...

Il le montra d'un geste au Tondu. Celui-ci fit la grimace, tapota son appareil et leva un doigt, signifiant ainsi, sans doute, qu'il ne lui restait qu'un cliché à prendre...

Là-bas, la portière se rouvrait. L'homme descendait de l'auto de Taras.

Mais sans sa valise !...

Aussitôt, Taras démarra, pendant que l'homme regagnait son auto.

Tidou fit un signe de tête approbateur à Bistèque et Gnafron qui comprirent – le programme avait été tracé à l'avance – et se glissèrent entre les autos pour aller reprendre leurs vélomoteurs et suivre Taras. Quelques instants plus tard, la Lancia démarra à son tour.

« Zut ! » ragea Tidou à haute voix.

Ils avaient en effet prévu de suivre Taras et son partenaire, après leur rendez-vous, mais ils ne s'étaient pas attendus à la présence d'un troisième larron, l'homme à la BMW qui paraissait s'intéresser de loin à l'affaire !

Ce fut le hasard qui trancha, dans cet instant d'indécision.

« Donne-moi cet appareil, voyou ! » hurla une voix furieuse.

Le chauffeur de la BMW, sans doute sur l'ordre de son passager, avait jailli de l'auto et s'élançait vers le Tondu.

Celui-ci venait à peine de glisser la dernière photo dans sa poche.

« Qui t'a permis de photographier ? cria l'homme. Allez ! Donne-moi tout ça, sinon gare ! »

Le Tondu prit la fuite. L'homme le rattrapa, tenta de lui arracher l'appareil, mais le Tondu plongea entre deux autos, fila comme une flèche vers les escaliers qu'il gravit quatre à quatre. L'homme hésita un instant, puis s'élança derrière lui. Tidou restait figé sur place, ne sachant trop comment intervenir.

Soudain, il sentit la présence de Mady à côté de lui. Elle avait tout vu.

« Il lui échappera, murmura-t-elle.

– Oui, j'espère... Pourvu qu'il puisse garder les photos... »

Au sommet des marches, ils virent le chauffeur qui regardait de tous côtés puis redescendait lentement.

« C'est bon, fit Tidou très satisfait. Le Tondu a dû se réfugier dans la crypte...

– Ou le clocher ! gloussa Mady, avec un petit rire. Dommage que nous n'ayons pas emmené Kafi. Ce gaillard y aurait perdu son fond de culotte...

– On aura encore besoin de lui, murmura Tidou.

Attention. Ne nous faisons pas repérer... On va le suivre, ce gros richard. Il faut savoir qui il est... Et pourquoi il venait surveiller le rendez-vous de Taras et de l'autre. »

Le chauffeur regagnait l'auto. Tidou crut remarquer que son patron lui adressait des reproches. Sa bouche s'ouvrait et se refermait rapidement. Le chauffeur levait parfois les deux mains et les laissait retomber, en un geste d'impuissance.

Puis il démarra.

« Suis-le, la première ! » dit Tidou.

Mady se glissa vers son vélomoteur rangé en bordure du parking, démarra et se colla à l'auto qui s'engageait dans les lacets de la descente. Tidou la suivait à une cinquantaine de mètres. Mady était facilement repérable à son pull-over rouge.

Ils se faufilèrent dans les embouteillages du centre. Plusieurs fois, Tidou craignit de la perdre, puis il finit par la retrouver à quelque distance de l'auto, parquée à un emplacement interdit, devant un grand immeuble commercial de la rue Paradis.

Elle rangeait son vélomoteur sur le trottoir.

« Alors, qui est-ce ? » demanda Tidou haletant.

Toute ébouriffée par le vent, Mady lui sourit. Ses yeux noirs brillaient. Elle leva la main vers l'une des nombreuses plaques de cuivre qui couvraient un montant de la haute porte.

« M. Zéphirys ! annonça-t-elle fièrement. Import-Export... Et propriétaire de la villa des Aigles !... »

Tidou la regarda avec stupeur.

« La Guille est dans la gueule du loup ! » murmura-t-il.

CHAPITRE XIV

L'ASSAUT

La Guille, qui somnolait sur un bouquin, sursauta violemment en entendant frapper à sa fenêtre. Le cœur battant, il se précipita, écarta le rideau et entrevit le visage rond de Tidou derrière la vitre.

Il ouvrit la fenêtre.

« Ah ! bravo ! s'exclama-t-il. Mais ce n'est pas tout... Les barreaux !... »

Dans l'ombre, derrière le Tondu, il distingua Tidou, puis Bistèque.

« Oh ! mais toute la compagnie est là ! fit-il gaiement, son naturel léger reprenant le dessus sur sa brève émotion. On vient en foule pour me délivrer !

– Ne plaisante pas, grogna le Tondu. Tu es dans un drôle de guêpier !

– Pourquoi ? demanda la Guille avec insouciance. Avec Taras, ça va très bien... Un bon gars, décidément... Dommage qu'il se soit laissé manipuler par des bandits. Et si ça va bien avec lui, qu'est-ce que je risque ? »

– Il faut te sortir de là, intervint Tidou. Ce bon Taras croit t'avoir mis à l'abri ici, mais...

– Mais quoi ? »

En peu de mots, Tidou raconta la scène de l'après-midi, parla de la présence de M. Zéphirys sur le parking, apparemment pour surveiller la rencontre entre Taras et l'homme à la Lancia.

La Guille mit un moment à comprendre. Puis brusquement s'écria, en colère :

« Et lui qui me disait en sécurité ici ! Dans la maison de cet honnête M. Zéphirys... grosse légume marseillaise ! Ah ! Il est malin ce Taras ! Autrement dit, je suis enfermé chez le grand patron ! ! !

– Pas tant de discours ! coupa Bistèque. Il faut te délivrer... Mady et Bistèque sont dehors avec Kafi, ils font le guet. Nous on va démolir la baraque s'il le faut, mais on te sortira de là.

– Oui, mais comment ? » fit la Guille. Il empoigna les barreaux qui bloquaient sa fenêtre. « Tu as vu ça ?

– On a ce qu'il faut, répliqua Tidou.

– Bah ! ne vous fatiguez pas ! dit la Guille, redevenu insouciant. Taras me libère demain, il me l'a dit... »

Trois visages se rapprochèrent de la fenêtre.

« Oui, tout à l'heure, vers huit heures, poursuivit

la Guille, on lui a téléphoné... J'entends tout, d'ici...

– Mais tu n'entends quand même pas ce qu'on lui dit ?

– Eh bien, si, d'une certaine façon. Taras comprend mal, il dit sans arrêt « Quoi ? Quoi ? Qu'est-ce que vous « dites ? » et il répète à haute voix, pour s'assurer qu'il a bien compris.

– Et alors ? fit Tidou, les yeux brillants.

– Il a reçu l'ordre de faire son coup demain matin, sept heures. Sur le quai des plaisanciers. Il doit déposer une valise dans la cale du *Pénélope* ! Mais qu'est-ce qu'il y a dedans ?

– Une bombe ? Un détonateur télécommandé ? Que sais-je ? dit le Tondu. C'est la valise qu'on lui a remise ! »

La Guille fit la grimace, parut s'inquiéter, secoua des deux mains les barreaux.

« Alors, s'il saute avec ? s'écria-t-il. Moi, je reste ici ? Quand il est parti, tout à l'heure, après m'avoir apporté à manger, il m'a dit qu'il reviendrait demain. Mais s'il saute avec ? »

Sans répondre, Tidou ramassa dans l'herbe la scie à métaux et la grosse lime dont il s'était muni. Il remit la lime au Tondu, attaqua un barreau à la scie.

Dans le long silence qui suivit, on n'entendit plus que le grincement aigre de la scie. Au bout d'un moment, Tidou souffla.

« Ça n'avance pas vite ! »

Le Tondu le remplaça. Mais sans doute la lime était-elle vieille, car elle mordait mal dans le métal.

« Cherchons une autre entrée ! intervint alors Gnafron. Sinon, on en a pour des heures ! »

Laissant le Tondu s'acharner sur l'épais barreau, Tidou et Gnafron, lampes électriques en main, firent le tour de la villa, en évitant de projeter le faisceau lumineux de leurs lampes vers le haut des murs, par crainte qu'on ne le remarquât depuis la route. Mais la maison était bien close. D'épais volets de chêne se plaquaient sur les portes et fenêtres ouvrant sur la véranda. Ailleurs, des volets ou des barreaux.

« Faudrait un pied de biche, ou une barre à mine ! maugréait le petit Gnafron.

– Le garage ? » suggéra Tidou.

Hélas ! Il était fermé par un solide volet métallique. Mais sur le côté, à environ deux mètres vingt de hauteur, l'architecte avait placé une petite fenêtre, un « fenestron », semblable à une meurtrière, et trop étroite pour qu'un homme pût y passer.

Oui, un homme mais... Tidou abaissa les yeux vers le « petit » Gnafron – comme on l'appelait souvent.

« On essaie par là ? proposa-t-il.

– Boff ! fit Gnafron. Tu crois ?

– Ce n'est pas large... Mais toi non plus. Et si tu n'as pas une trop grosse tête... »

Il fit la courte échelle à son ami. Celui-ci mit un genou sur le rebord de la fenêtre, cassa une vitre d'un coup de coude, passa le bras à l'intérieur et ouvrit. Il n'y avait qu'un simple loquet...

« Vas-y ! Joue à l'homme serpent ! » murmura Tidou.

Il lui tendit une lampe électrique. Gnafron se pencha par l'étroite ouverture, épaules en biais, examina l'intérieur. Puis, assuré qu'il ne tomberait pas sur quelque objet contondant ou dans un tonneau d'huile de vidange, il ressortit et se contorsionna pour passer d'abord les jambes, puis le bassin... « Aie... ouille ! gémissait-il parfois, je vais rester coincé ! » Bientôt Tidou ne vit plus que son épaisse chevelure noire et ses deux mains crispées sur le rebord extérieur... Un dernier « ouille ! » puis un bruit de dégringolade, un fracas de casserole...

« Rien de cassé ! cria Gnafron de l'intérieur. Mais je cherche ma lampe...

– Attrape ! répondit Tidou. Tu es prêt ? »

Il lui lança sa propre lampe, toute allumée. Elle passa sans anicroche dans le cadre étroit de la fenêtre, retomba entre les mains de l'audacieux explorateur. Sa voix retentit, caverneuse :

« J'espère que la porte sur l'intérieur n'est pas fermée...

– Fais-la sauter ! dit Tidou. Tu trouveras bien un démonte-pneu ou quelque chose de ce genre... »

Un nouveau bruit de ferblanterie. Puis un silence. Soudain un craquement sec.

« Ça y est. Je passe, annonça Gnafron. Je vais ouvrir ce volet... »

Une minute plus tard, avec un sourd craquement, l'un des volets de la véranda s'ouvrait.

Tidou rejoignit Gnafron dans une grande salle où planait encore une odeur de cigarette.

« Bravo, Gnafron ! dit Tidou. Rien de cassé ?

– Non, rien, sauf la porte », répondit Gnafron en riant sous cape.

Le reste ne présentait plus de difficultés. La clef de la chambre de la Guille était posée sur le buffet proche. Quand la porte s'ouvrit, la Guille s'élança vers ses deux amis, les embrassa, puis retourna vers la fenêtre où le Tondu avait cessé de s'escrimer contre les barreaux.

« Allez ! On file ! lui dit-il. Vous êtes des as !...

– Tes affaires ! fit Tidou. Dépêche !... »

Pendant que la Guille entassait dans sa petite valise tout ce qui traînait, Tidou retourna dans la grande salle, projeta le faisceau de sa lampe de droite à gauche. Dans un coin, il vit le lit de camp sur lequel Taras devait dormir quand il venait faire sa garde. Sur la table ronde, traînait un paquet de cigarettes blondes. Le téléphone reposait sur un guéridon proche de la porte de la Guille – ce qui expliquait que ce dernier entendît si bien.

Puis Tidou retourna dans la chambre de la Guille.

« Nous arrivons, dit-il au Tondu, toujours accroché aux barreaux. Mady n'a rien signalé ?

– Non, rien. Je l'ai avertie... Elle est allée jeter un coup d'œil sur la route. »

Le départ se révéla plus difficile que prévu. Ils avaient coupé une partie des barbelés sur le haut du mur à l'aide d'une pince apportée par le Tondu. Mais les fils coupés étaient retombés en travers de la brèche, et, dans l'ombre, ils accrochèrent leurs vêtements. Tidou fit la courte échelle à Gnafron et à la Guille, leur passa la valise que Bistèque cueillit de l'autre côté. Puis lui-même se hissa sur le mur, sauta. Aussitôt, une masse noire se jeta sur lui, un museau froid chercha son visage. C'était Kafi, chargé lui aussi de monter la garde, et respectueux du silence qu'on lui avait ordonné.

Ils enfourchèrent leurs vélomoteurs pour descendre en roue libre sur deux ou trois cents mètres, afin de ne

pas donner l'éveil aux gens de la guinguette. La nuit s'était un peu éclairée, la lune se levait.

« Et maintenant ? demanda la Guille d'une voix soudainement angoissée. Où va-t-on ? A la police ? Chez l'oncle ?

– La police ne nous croira jamais, répliqua Tidou.

– ... Et l'oncle me flanquera une dérouillée ! » augura la Guille.

Ils furent vite dispensés de choisir, car une silhouette surgit de l'ombre sur la route.

« Halte là ! » cria une voix puissante.

*
**

« Ah ! Je vous ai suivis, misérables petits farceurs ! s'exclama l'oncle Hector, en s'approchant. Vous n'êtes vraiment pas malins ! J'étais à cent mètres derrière vous... »

Tidou calma Kafi qui grondait de façon menaçante.

« ... Vous allez vous expliquer ? tonna Hector, sans se soucier de réveiller les échos. Allez ! Vite ! Expli... »

Il se tut brusquement, comme si on lui avait coupé le souffle.

« Mais... mais, ma parole ! *Vous êtes six !* rugit-il. *SIX ?* »

Courageusement, la Guille s'avança vers lui.

« C'est moi, oncle Hector, dit-il d'une voix blanche. Ils m'ont... euh... retrouvé ! »

L'oncle Hector ne fut pas frappé d'apoplexie, comme on aurait pu le craindre, et la Guille ne reçut pas la « dérouillée » qu'il redoutait. Hector resta un instant silencieux. Puis il fit un pas en avant, empoigna son neveu par le bras.

« Bouff ! fit-il avec un gros soupir... de soulagement. Alors, tu as fini de jouer à la cachette ? Raconte-moi ça, s'il te plaît, et n'essaie pas de me mener en bateau ! »

Puis il cria, à l'adresse des autres :

« Et vous non plus ! »

Ce qui provoqua l'aboiement lointain du chien de la guinguette...

***

« Je n'en crois pas un mot ! déclara l'oncle Hector quand la Guille – relayé tour à tour par les Compagnons et Mady – lui eût fait le récit de l'aventure. Récit très amélioré d'ailleurs où Taras faisait presque figure de victime, terrorisé par des gangsters et obligé d'enfermer la Guille dans la villa des Aigles pour lui sauver la vie.

Ils étaient tous réunis dans la salle à manger de la villa des Roses. Tante Héloïse leur avait servi un petit casse-croûte arrosé de café décaféiné pour les remettre de leurs émotions.

« Je n'en crois pas un mot ! répéta fermement Hector. Taras n'aurait jamais rien fait de semblable !

– Ce n'est pas lui, mais...

– ... Et cette histoire de M. Zéphirys chef de gang ! Elle est bien bonne ! Ha ! ha ! Toutes ces inventions, mon cher neveu, c'est pour tenter d'éviter la punition que tu mérites. Songe à notre angoisse ! J'en avais l'appétit coupé, je n'en dormais plus ! Et tes pauvres parents...

– Je les ai rassurés, le lendemain, par une lettre qu'a postée Taras...

– Taras ! Toujours lui ! Et M. Zéphirys ! Et les bombes ! Et le *Pénélope* !... Tiens, à propos, ça m'y fait penser... La chronique maritime annonce l'entrée au port d'un pétrolier portant aussi le nom de *Pénélope*, demain matin... Bizarre, n'est-ce pas ?

– ... A sept heures ! » compléta Tidou.

L'oncle Hector le regarda d'un œil torve.

– Qu'est-ce que tu en sais ?

– Une idée ! fit Tidou en se frappant le front du plat de la main. Tout se tient. Le bar, le cabin-cruiser du propriétaire du bar, la contrebande, le pétrolier qui porte le même nom...

– Et patati et patata ! Qu'est-ce qui va se passer ?

– Nous n'en savons rien, répliqua Mady, à la place de Tidou qui soupirait en hochant la tête. Nous n'en savons rien... mais il va se passer quelque chose.

– Ouais ! Des inventions ! Mon cher neveu fait une fugue, se cache là-bas avec la complicité de Taras, et invente cette histoire a-bra-ca-da-brante pour s'en sortir.

– Si c'est pas malheureux ! gémit tante Héloïse. Pauvres parents !

– Mais enfin ! s'écria le Tondu. Il y a des explosifs ! La valise remise à Taras contient probablement un détonateur... un engin télécommandé.

– Très vraisemblable ! ironisa l'oncle. Et c'est M. Zéphirys qui appuiera sur le bouton ?

– Avertissez au moins la police ! » lança Bisthèque.

L'oncle Hector se tourna vers lui.

– Très juste, mon ami ! répliqua-t-il, à la surprise de

tous. Je dois lui annoncer que mon cher neveu est retrouvé. Alors qu'il est recherché par toutes les polices de France et de Navarre... Et le plus fort, retrouvé en excellente santé !

– Encore heureux ! murmura la Guille.

– Oui, c'est vrai. Eh bien, je m'en vais te le réveiller, le commissaire... Et si vous avez les oreilles fragiles, ne prenez pas l'écouteur ! »

Il se leva, et composa sur le cadran le numéro de téléphone de son ami.

S'ensuivit une sorte de monologue confus, lorsque l'oncle Hector entreprit de conter toute l'histoire au commissaire. Vue par lui, l'affaire devenait parfaitement incompréhensible. Une histoire de fou. Une farce. Tout cela avec des hauts et des bas, de bons rires, des « coups de gueule » accompagnés de regards menaçants lancés à la Guille qui se faisait tout petit sur sa chaise.

« Non, je ne suis pas un fada ! clama finalement l'oncle Hector. Ce n'est pas moi qui invente ça ! C'est cette bande de chenapans... Ou Taras qui devait être ivre, comme l'autre jour... Bah ! Fais comme tu veux... A tout hasard, je t'aurai averti !... Quoi ?... Ils seront poursuivis pour bris de clôture et violation de domicile ? Mais ça va pas, la tête ? J'ai quand même récupéré mon neveu !... Tant pis si M. Zéphirys n'est pas content. Oui, bonsoir... Vérifie ce que tu veux... Quoi ?... Ha ! ha ! Suppose qu'ils aient dit vrai !... Attention aux bombes ! Bonne nuit... Quoi ? Une mauvaise nuit ? Ha ! ha ! »

Il raccrocha, tira son mouchoir, s'épongea le front.

« Le commissaire re-fleu-chit ! dit-il d'un air

entendu. Ha ! ha ! En tout cas, je lui aurai gâché sa nuit ! Et maintenant, au lit, vous tous. Nous verrons ça demain.

– Demain, nous serons là-bas, déclara tranquillement Tidou. A sept heures. »

L'oncle Hector le regarda en silence, puis avec un soupir, il se dirigea vers la porte, y encadra sa puissante carrure, se retourna un instant tout en se tapotant le front du bout du doigt.

CHAPITRE XV

SUR LES QUAIS

SEPT HEURES du matin. Le jour se lève à peine. Dans l'aube naissante, l'immense étendue de l'étang de Berre brille d'un reflet nacré. Le mistral s'est apaisé, mais les bateaux de plaisance, le long du quai et des appontements, vacillent encore en craquant sourdement, et leurs mâts oscillent sur le ciel qui s'éclaircit...

Sept heures du matin. Quelques camions roulent sur la route dominant le quai, où ne stationnent que trois ou quatre autos isolées et en infraction. Un plaisancier vient de monter sur le pont de son bateau amarré. Plus loin, deux pêcheurs s'éloignent, leur gaule sur l'épaule.

Par moments, on entend un léger vrombissement de vélomoteurs, qui semble provenir d'un renfoncement, au-dessous de la rampe de descente, près d'un petit massif de fleurs.

Soudain un vélomoteur dévale la rampe, il vire et s'engage sur le quai, roulant vers l'ouest. Il est monté par un grand gaillard qui tient, accrochée à son guidon, une petite valise plate...

L'instant d'après, un coup de sifflet retentit dans l'air calme, et trois, quatre, cinq vélomoteurs, surgis comme par magie, se lancent à la poursuite du premier, escortés par un chien-loup...

D'une auto blanche, garée un peu plus loin, un homme fait mine de sortir en poussant des jurons... Un autre homme est assis au volant, une petite boîte noire – on dirait un transistor – posée sur les genoux.

« Qu'est-ce qui se passe ? gronde le n° 1, qui met pied à terre.

– T'occupe ! Des gamins qui s'amusent ! » répond le n° 2. Rassieds-toi ! »

Mais les vélomoteurs « assaillants » se sont jetés comme un vol de guêpes sur l'homme à la petite valise.

Taras, car c'est lui, est obligé de freiner, il se débat, on lui arrache sa valise.

« Je l'ai ! » hurle une voix.

C'est la voix du Tondu. Il élève la valise à bout de bras mais doit lutter avec Taras qui s'accroche à son blouson. Des vélomoteurs culbutent, chavirent et s'abattent avec fracas sur le quai.

« J'y vais ! crie le passager n° 1, sorti de l'auto. Attendez un peu, 'spèces de voyous ! Laissez ça !... »

Le N° 2 remet le moteur en marche.

« Oui, fais vite ! Flanque-leur la trouille !... »

Puis il tourne la tête de droite et de gauche, en entendant derrière lui un curieux sifflement. Soudain il comprend, mais trop tard. Le temps de déposer sa boîte noire sur la banquette, de sortir de l'auto, de chercher autour de lui : le pneu arrière gauche est à plat, et une petite silhouette, courbée en deux, file à toute vitesse vers la rampe d'accès

« Attention ! C'est frazile ! hurle Taras, dépossédé de sa valise.

– Si c'est frazile, on va la mettre au frais ! » réplique une voix juvénile.

Et la valise décrit une gracieuse parabole pour retomber dans l'eau du port, entre deux voiliers, non loin du cabin-cruiser *Pénélope*.

Déjà des plaisanciers surgissent de leur cabine. L'auto au pneu crevé fait quelques mètres en zigzaguant. Le n° 2 a repris le volant. Le n° 1 court vers la mêlée confuse qui se poursuit au milieu des vélomoteurs renversés.

Et puis, comme par miracle, sous le ciel mauve, le spectacle change, des coups de sifflet retentissent, une auto de police descend en trombe la rampe, des policiers surgissent, deux hommes se dressent sur le pont du *Pénélope*, sautent sur le quai, se jettent dans la bagarre. L'auto au pneu crevé est coincée par l'auto de police, son occupant en est extirpé, sa boîte noire saisie. L'autre a fait demi-tour, poursuivi par les crocs de Kafi, et il tombe dans les bras des agents.

En quelques minutes, c'est terminé.

« Embarquez tout le monde ! » ordonne la voix claironnante du commissaire.

Bientôt le quai est presque désert.

Un quart d'heure plus tard, le pétrolier grec *Pénélope* passe lentement dans le chenal de Caronte, entre les deux volées levantes du pont de Jonquières, et pénètre dans l'étang de Berre.

CHAPITRE XVI

ÇA SENT LE PÉTROLE !

ILS sont en mer. Le vent est tombé, et tous sont assis ou couchés sur le pont de ce petit yacht appartenant à un ami du commissaire qui a invité les Compagnons, Mady et Kafi, bien sûr, à cette petite promenade d'adieux. L'oncle Hector est lui aussi de la partie, mais tante Héloïse s'est abstenue, car elle craint le mal de mer.

L'aventure de l'avant-veille leur paraît déjà lointaine, et cette excursion au large va aider nos amis à oublier un peu leurs émotions. Mais le commissaire tient à revenir sur l'affaire, et il a pas mal de choses à leur apprendre...

« Compliquée, cette histoire ! dit-il avec un gros soupir. Vous, les jeunes, vous voyez ça d'une façon simpliste... Malheureusement pour nous, ce n'est pas si facile...

– Oh ! Vous avez pourtant des moyens...

– Oui, bien sûr. Mais on ne doit pas faire de gaffes. Tu ne me vois pas allant saisir votre M. Zéphirys par la cravate en le priant d'avouer ?... Rien n'est sûr ! Une enquête discrète nous a appris qu'une fois par semaine, il menait son épouse à Notre-Dame-de-la-Garde pour qu'elle y fasse ses dévotions... Qu'est-ce que tu en penses ?

– Rien, répond tristement Tidou. Autrement dit, on ne peut pas toucher à lui ?

– Sans preuves formelles, non ! Et pourtant il ferait bien dans le tableau... Cela expliquerait bien des choses incompréhensibles...

– Les mystères « Pénélope » ? demande l'oncle Hector.

– Tout juste. Voici comment je vois l'affaire : notre ami Taras est plus ou moins tenu par des truands fréquentant le bar Pénélope... qui lui promettent de lui faire obtenir les papiers et cartes de travail qui lui manquent, et aussi de faire venir sa femme. On le tient peut-être aussi par la menace...

– Oui ! intervient le Tondu. Nous avons été témoins de la raclée qu'il a reçue un soir... »

Le commissaire emplit les verres, avec les boissons que le propriétaire du yacht a ramenées de sa cambuse et fait passer les boîtes de gâteaux. Au bout d'un moment, il reprend :

« Ces trois Pénélope me chiffonnaient... Mais c'est

pourtant assez clair... Pénélope, c'est le prénom de la mère du propriétaire du bar... Et il a donné à son bateau le même nom...

– C'est beau, l'amour filial chez les gangsters ! murmure Mady, d'un air faussement ému.

– Oh ! ne parle pas trop vite ! réplique le commissaire. Le propriétaire du bar n'est peut-être mouillé que dans des histoires de contrebande. La contrebande de cigarettes blondes...

– J'ai vu des piles de cartouches dans le garage de Taras ! déclare fièrement la Guille.

– La perquisition n'a rien donné. Sauf quelques paquets... C'est insuffisant... Et puis Taras trafiquait peut-être dans le dos du patron du bar, qui lui laissait les clefs de son bateau ? C'est un bon pilote, Taras !

– Alors, s'exclame l'oncle, tout le monde, il est beau, tout le monde il est gentil, comme dit la chanson ! Et les bombes ?

– J'y viens ! réplique le commissaire. Tout d'abord, j'ai cru à un règlement de comptes entre contrebandiers... Une bande rivale voulait faire sauter le *Pénélope* pour se venger des gars qui avaient piétiné ses plates-bandes... Il y a déjà eu une histoire de yacht coulé.

– Et ce n'est pas ça ? demande Bistèque.

– Je ne crois pas. De toute façon, avec le détonateur télécommandé, les deux bandits de l'auto comptaient faire sauter le *Pénélope*...

– Et Taras avec ? demande Gnafron.

– Possible. Mais je vois une autre explication...

– Le troisième *Pénélope* ? dit Tidou, les yeux brillants, car il est sans doute le premier à avoir pressenti le nœud secret de l'affaire.

– Tout juste ! Sais-tu à qui il appartient, ce petit pétrolier ?... Au frère du propriétaire du bar ! Et comme l'amour filial est grand chez les Grecs, il l'a aussi baptisé... du nom de sa mère ! »

Mady secoue la tête.

« Oui, mais je ne vois pas... commence-t-elle.

– Une minute ! Quand on sait que notre insoupçonnable M. Zéphirys s'occupe, entre autres, d'importations de pétrole... Quand j'ai appris que ce *Pénélope* appartient à une sorte de compagnie pirate, qui s'alimente à Rotterdam en dehors des grands circuits, ou rachète des cargaisons errantes... Oui, il y a des pétroliers qui chargent dans des coins tranquilles... à des prix inférieurs au prix officiel, et qui ne vendent leur cargaison qu'une fois en mer... au plus offrant... »

Le commissaire se tait, boit une gorgée de son verre de clairette de Die. Le vent est complètement tombé et le petit yacht glisse doucement sur une mer d'huile d'un bleu profond.

« J'ai compris, dit alors Tidou.

– Tu as de la veine, grogne l'oncle Hector. Moi, je suis en plein cirage.

– J'ai compris... Rivalité sur le marché entre le puissant importateur, l'insoupçonnable M. Zéphirys qui va faire ses prières à la Bonne Mère et cet audacieux pétrolier pirate, qui non seulement fait baisser les prix, mais vient décharger sa cargaison à Lavéra ou dans les raffineries de l'étang de Berre...

– Alors, M. Zéphirys voulait faire sauter le pétrolier ? s'exclame le Tondu. Quelle catastrophe ! On l'a échappé belle !

– Non, je ne crois pas, répond le commissaire. Mais

à titre d'avertissement, on allait faire sauter le cabin-cruiser *Pénélope* pour punir ces frères insolents... Notre mystérieux inconnu s'est donc servi de Taras, contacté et menacé par ses hommes de main. On lui promet de l'argent, de faire venir sa femme...

– Est-ce qu'il s'en sortira ? demandent Mady et la Guille.

– Oui, probable. D'abord, il a agi sous la menace... Puis il ne savait pas trop ce qui se préparait. A vrai dire, on pourrait l'inculper pour avoir séquestré votre ami la Guille, mais s'il ne porte pas plainte...

– Prisonnier volontaire ! déclare dignement la Guille. Je me suis caché dans la villa des Aigles pour échapper aux truands qui m'avaient peut-être repéré. C'est tout.

– Hum ! fait le commissaire. En tout cas, il est possible que M. Zéphirys porte plainte, lui !

– Pour un carreau cassé ? » proteste Gnafron. Puis il secoue la tête. « Non, ça m'étonnerait. »

Le Tondu a un petit rire.

« Alors, dit-il, tout le monde s'en sort ?

– Non, nous avons les deux truands de l'auto, réplique le commissaire. Ils avaient une télécommande avec eux, cette petite boîte noire, et ils ont avoué qu'ils comptaient faire sauter le *Pénélope*... Mais on ne remonte pas plus haut... Ils disent avoir reçu leurs ordres par téléphone... Ah ! tout est bien compartimenté chez eux ! »

Puis le commissaire se tourne vers Tidou.

« Tâchez de ne plus vous attaquer à de grosses légumes, lui conseille-t-il gentiment, ni à des « parrains », des rois de la pègre ou de la Maffia... C'est trop dange-

reux... Nous finirons par les coincer, mais c'est dur !... Je vous suggère de vous occuper plutôt de vols de lapins...

– Merci du conseil ! » répond Tidou en riant.

Puis ils parlent d'autre chose, se prélassent sous le soleil d'avril, déjà chaud quand le vent consent à s'apaiser. Ils contemplent la côte lointaine, croisent plusieurs cargos, et deux pétroliers reconnaissables à leur allure trapue, bas sur l'eau, avec l'unique superstructure tout à l'arrière. L'heure passe...

Sur la fin de l'après-midi, ils regagnèrent Martigues. Les Compagnons et Mady étaient un peu tristes à l'idée de repartir le lendemain, mais en même temps soulagés d'être sortis de cette inquiétante affaire. Malgré eux, ils avaient l'impression que planait toujours autour d'eux un vague danger. L'affaire n'avait pu être entièrement éclaircie.

« Cette affaire Taras... elle est en fin de compte bien taras-biscotée ! » déclara l'humoriste la Guille.

Il mit le pied sur le quai, regarda autour de lui.

« Tiens ! fit-il d'un air surpris. Je ne vois pas Taras !... Je pensais qu'on l'aurait mis en liberté provisoire. »

Tidou lui flanqua une bourrade dans le dos.

« Allons ! allons ! Joue-nous plutôt un petit air d'harmonica pour nous faire oublier nos ennuis. »

La Guille fouilla dans ses poches, une fois, deux fois de suite, les retourna. Son visage s'allongea.

« Oh ! Zut ! s'écria-t-il. J'ai dû l'oublier à la villa des Aigles ! Catastrophe...

– On retourne le chercher ? » proposa ironiquement le Tondu qui avait retiré son béret et s'épongeait le crâne.

La Guille fit semblant de frémir de la tête aux pieds.

« Pas pour tout le pétrole du monde ! » répliqua-t-il.

Table

IMPRIMÉ EN FRANCE PAR BRODARD ET TAUPIN
7, bd Romain-Rolland - 92541 Montrouge - Usine de La Flèche, 72200

Loi n° 49-956 du 16 juillet 1949 sur les publications destinées à la jeunesse.
Dépôt : mars 1983.